이강식 제 Ⅲ 시집

1일법문
-원효스님이 아미타여래의 화신이라는 변증-

이 강 식 지음

경영학자, 교수·명예교수(전), 경영학박사

환국®
桓國
FOUNDED 1998 ©1998 이강식

천생사표이시고 아미타여래의 화신이신

원효 스님과

요석공주님과

홍유후 설총 선생님께

이 책을 바칩니다

　이 저술의 창의적이고 독창적이고 독자적인 새로운 학설의 어떠한 부분도 표절, 우라까이, 베끼기, 무단전재, 무출처인용, 비양심행위 등등을 하면 끝까지 추적하여 언제든지 모든 학술학문 책임, 연구윤리 진실성 책임, 신의성실도의 책임, 민형사 책임을 무관용으로 지게 할 것임을 엄중히 경고하며, 특히 표절, 우라까이, 베끼기, 무단전재, 무출처인용, 비양심행위 등등을 하는 자를 감싸고, 옹호, 비호, 침묵, 조치회피, 묵살, 은폐, 사주, 2차 가해하는 자 등등은 역시 같이 책임 지게 할 것임을 엄중히 경고한다. 그리고 2차, 3차 등의 표절, 표절을 인용한 것도 마찬가지로 엄중 경고한다. 그리고 내 학설에 명백히 영향을 받고도 이를 밝히지 않고 다른 견해를 말하는 것도 표절이며 엄중히 경고한다. 표절꾼은 지적 도둑이기도 하지만 무엇보다 학문 질서를 교란하는 사문난적이다. 표절자와 표절자를 비호하거나 방관 하는 자와 사문난적들 모두는 천벌을 받아 당사자뿐만 아니라 자손 대대로 모두 무간지옥에 빠져서 반드시 지옥의 영벌의 불길 속에서 이를 갈며 후회한다!

고지   고지

　이 저서를 저술함에 있어 일반적인 논문신청과 의뢰, 통상적인 학술 학문연구조사토론독서대화 등등 외에 누구로부터도 부당한 목적의 의도적·무의도적 권유, 유인, 획책, 강요 등등을 받지 않았음과 더불어 합당하게 지급되는 원고료, 발표료, 연구비, 협찬금, 후원금, 기부금 등등 외에 어떠한 명복으로든지 대가로 직접적·간접적 별도의 금품을 특히 비공식적으로 수수하지 않았음을 일러두며 다만 차후 변동이 있으면 가능한 방법으로 명백히 고지한다.

고지   고지

■ 서문 ■

1일법문
- 원효 스님이 아미타여래의 화신이라는 변증 -

원효 스님이 탄생하신 617년 이후 올해 2023년으로서 햇수로 1407년이 되었고 열반하신 687년 이후로는 햇수로 1337년이 되었다.

성사께서 오셔서 전법하신지 1천5백년의 세월이 흘러가도
진리의 새벽은 더욱더 빛을 밝히네.

원효 스님과 요석공주님과 홍유후 설총 선생님을 흠모하는 마음을 담아 후학으로서 장편시를 썼다.

시로 쓴 1일법문이고 논문이고 학술저서이고 동시에 시집이니 새로운 형식에 많은 혜량을 바란다.

특히 조사, 선사님의 이해를 바라는 바입니다.

나는 특히 1999년에 "원종흥법 염촉멸신과 알공의 이국의 대의: 신라정부의 조직적 의사결정과정"과 "경주향교의 문화마케팅전략구축"의 2편의 논문을 발표하였는데 벌써 햇수로 25년의 세월이 흘렀다.

그리고 계속하여 2004년에 "신라 요석궁에 건립한 국학을 계승한 경주향교"와 2010년에 "아도화상의 엄장사와 김극기의 엄장루:

신라불교 첫 전래지의 연구"를 발표하였고, 2011년에 "단석산의 김유신 화랑의 단석 유적과 원효대사의 척판대 유적의 연구"를 발표하였고, 2014년에는 본격적으로 "원효대사가 요석공주와의 결혼으로 태종무열대왕과 맺은 혼인동맹이 신라3국통일에 미친 영향"을 발표하였고 작년 2022년에는 『경영학자와 함께 열매 맺고 꽃이 피네(회고록Ⅰ)』를 상재하였다.

이 1일법문 장편시는 이러한 학술논문과 저서를 바탕으로 새로운 내용을 부가하여 상재한 것인데 햇수로 47년간 경영학자로서, 논사로서, 36년간 교수로서 노력하여 온 연구를 더 심화발전시켜 이제 또 하나의 결실을 맺게 되어 매우 기쁘게 생각한다.

전문적인 학술연구는 계속되겠지만 그간 써온 불교시를 중심으로 제Ⅰ부 금관, 제Ⅱ부 1일법문 시집을 구성하였다. 물론 불교만 쓰는 것은 아니고 다양한 분야를 써왔고 앞으로도 계속 쓰도록 하겠다.

이 시집은 2022년 시인으로 등단한 후 첫시집이다.

그리고 시의 특성상 맞춤법, 표준말, 띄워쓰기 등을 내 주관으로 사용한 부분이 있는데 시는 항상 표현정신, 실험정신, 시대감성이 주요하므로 양해바란다.

국가와 인류의 모든 선학님께 감사 드리며

2023년 계묘세 8월 10일 목

淸元之師
청 원 지 사 　　　이 강 식

차 례

▌제Ⅰ부▌ 금관

백설공쥬 _ 13

바비공쥬 _ 15

물망초(勿忘草) _ 17

환승역 _ 20

신라공쥬는 금동신발을 벗어놓고 _ 22

금관 _ 26

따의 철학 _ 28

리잘 의사의 새벽 _ 32

마닐라베이를 보며 _ 35

묵언! 태화루 여기 _ 37

태화루 앞에서 갑자기 만난 할머니들과 _ 39

찜 _ 41

그곳, 가을 _ 44

죠지 오웰 _ 47

無空 _ 55
무 공

無知 亦無得 以無所得 _ 56
무지 역 무 득 이 무소득

운주사(運舟寺) _ 57

태초유공! _ 59

야반 3경에 _ 64

취운선원 _ 68

통도사 개산대재 1376주년 山人의 길은 계속되고 _ 72

기생님을 통도사 영축고금명석원에서 만나서 _ 75

통도사 무풍한송로에서 관음재일에 _ 82

통도사 지장재일에 _ 85

통도사 무풍한송로 중간에서 당이 떨어져 _ 88

통도사 무풍한송로에서 당 떨어졌던 시인과 여약사 _ 92

통도사 무풍한송로에서 당 떨어졌던 시인과 커피가게 여점장 _ 95

통도사 무풍한송로에서 낭 떨어졌던 시인과 두 낭자 _ 101

핫심 _ 108
下 心

어린이날 _ 112

성과급 _ 115

三笑(3소) _ 116

鶴林(학림) _ 118

황금연꽃의 신비 _ 119

불사리 _ 124

우주화택 _ 125

그러면 세상은 아무 걱정할 일이 없습니다 _ 127

세상의 중심에서 변방을 외치다 _ 133

당선소감 _ 135

사랑₁만이 _ 138

▌제Ⅱ부▌ 1일법문

1일법문 - 원효 스님이 아미타여래의 화신이라는 변증 - _ 141

참고문헌 주요 _ 310

제 I 부
금관

백설공쥬

이강식(시인)

누가 이 차가운 흰 눈에
입 맞출 수 있을까?

창밖에 금방 첫 눈이 내리고
어두운 밤하늘에 자욱히 첫 눈이 내리는데
검초록빛 바다에도 흰 눈이 내리고

멀리 고층건물의 네온사인이
한결 희부연한 눈 내리는 밤에

누가 이 순백의 공쥬를
사랑할 수 있을까?

가녀린 애수의 공쥬는
첫 입술이 닿자
눈물처럼 스러져 버리고

순결의 세상을 애모하는
백설공쥬는 두터이 내린 눈을 밟고

신호등도 외로이 잠든
길을 걸어갔네

백설공쥬는 눈 속에
바다 위를 걸어갔네

어두운 밤바다에 조각조각 내리는 흰 눈을 보며
누가 저 먼 하늘을 올라가
백설공쥬를 추억할 수 있을까?

붉고 붉은 입술을 가진 공쥬는
희고 흰 미소를 가진 공쥬는
새록새록 내리는 흰 눈을 입 맞출 수 있을까?
순백의 눈물을 사랑할 수 있을까?

시-**백설공쥬**이흥식 (신명조)

바비공쥬

이강식(시인)

바비, 비 온뎅

저 검푸른 하늘에서
영혼의 실낱처럼
비는 내려와
여린 심장을 감싸고
땅 속 깊이 스며드네

바비, 슬프고도 투명한
밤 비는 홀로 남은 가슴을 적시고
밤의 긴 어둠 속으로 흩어지네

공쥬는 언제나 꿈속에서 잠자고
언제나 꿈속에서 만난다

울 바비, 비 온뎅

사랑 때문에 한번도 눈물 흘려 본 적이 없는 울 공쥬는
붉고 아름다운 입술로
언제나 나를 보고 웃고 있네

울 바비공쥬, 비온뎅

분홍빛 뺨에 꽃처럼 환한 홍조를 띠고
울 바비공쥬는 행복하다지만
깊고 검은 눈동자로 결코 눈물 흘리지 않는다지만
뜨거운 눈물은 온 몸을 피처럼 흐르네

기나긴 비 내리는 밤은
울 바비공쥬 잘 자

진정한 사랑은 없다
사랑만이 있을 뿐

비는 그치고
밤은 지나가고
푸른 달이 뜨고 푸른 바람이 불겠지

울 바비공쥬는 언제나 완소 사랑을 기다리네

바비공쥬가 불러야할 노래는
저 먼 밤하늘에 흩어지고
누구도 사랑하지 않는 공쥬는
언제나 행복하게 웃고 있네

시-**바비공쥬**이긍식

물망초(勿忘草)

이강식(시인)

부디 나를 잊어주세요

그대가 나를 잊지 못하면
나도 그대를 잊지 못하니

부디 나를 잊어주세요

장대비 쏟아지는 거리에서
그대가 지나가는 모습을 볼 때
빗발 속에 멀어져가는 그대를 볼 때
그대 또한 내가 스쳐가는 순간을 볼 때
비속에 안타까운 기억처럼

부디 나를 잊어주세요

그대는 '나를 잊지 말라'고
물망초를 선물하였지만
물망초를 말려서
내 창가에 걸어 주었지만

물망초는 내 마음에 있지만
비 내려 더 생생한 거리에서
변한 것은 오직 내 모습뿐이라는 것을 볼 때
빗발처럼 멀어져가는 청춘을 볼 때
변하지 않은 것은
물망초, 내 사랑 뿐이라는 것을 볼 때

　　　부디 나를 잊어주세요

개나리 피는 길가에서
개나리 보다 더 밝은 그대의 모습을 볼 때
진달래 피는 산모롱이에서
진달래보다 더 진한 그대를 볼 때
아지랑이 피는 들녘에서
아련히 떠오르는 그대를 볼 때
낡은 사진 속에서 아직도 화사한 사람은
그대뿐이라는 것을 볼 때
내 마음의 영원한 물망초, 그러나
그대는 푸른 하늘에 시리도록
새하얀 낮달처럼 떠 있으나

　　　부디 나를 잊어주세요

내 또한 그대를 잊어야 하니

물망초는 잊어 주세요
그대가 행복하다면

시-**물망초**이중식(신명조)

환승역

이강식(시인)

낯선 도시에 내려
밤열차를 기다린다
자정도 넘어 열차는 오고 있다
어둠을 뚫고 불 밝히며
산을 넘어 들을 지나
내를 건너 굴을 통과해
열차는 오고 있다
환승역 구내 의자에 기대어
한 장의 승차권을 쥐고
타는 곳에 들어올
밤열차를 기다린다
사랑한다고 말해야만 했었는 순간에
사랑한다고 말하지 못하고
울고 있었어도
결코 눈물 흘릴 수 없었던
순간들은 다 지나가고 이제
하나 둘 불꺼지는 도시를 뒤로 하고
모든 사랑
모든 눈물

잠재워 두고
시린 가슴 부여잡고
어둠을 뚫고 시간을 향해 다가올
밤열차를 기다린다
저쪽에서는 소리없는 새벽이 다가오고
다른 쪽에서는
붉은 신호등 점멸하는
환승역 구내로
굉음을 내며 열차는 오고 있다
아아! 새벽은 저리도 먼가?
전광판 마지막 불 밝히는 낯선 도시에
모든 만남
모든 이별
남겨두고
밤열차를 타면
종착역에서는 마침내 새벽을 보고
푸른 바다에 떠오르는 붉은 태양을 안으며
여명보다 투명한 가슴을 세울 때
나는 안다
아직은
아직은
사랑할 때가 아니라는 것을

시-**환승역**이궁식(신명조)

신라공쥬는 금동신발을 벗어놓고

이강식(시인)

신라공쥬는 자기 발 보다 엄청 크고
영락이 반짝반짝 영롱하게 빛나는
커다란 황금빛 금동신발을 벗어놓고
금은 팔찌외 빈지와 구슬목걸이 금귀걸이와 함께
귀여운 은빛 허리띠를 앙징맞게 드리우고
말을 타고 머나먼 길을 떠나셨네
금동신발이 큰 이유는 어린 공쥬가 커서
큰 신발을 신기를 바라는 한결같은 부모마음 때문일세
머리에는 꼭 맞는 작은 금동관을 쓰고 공쥬는
삼단 같이 부드럽고 치렁치렁한 검은 머리카락을 남겨두고
소꿉장난하며 굴리던 흙공과 돌절구, 솥, 바늘을 가지고
애타는 부황과 어머니와 오빠 언니 동생을 두고
9살의 어린 나이에 아신(阿新)공주는 홀로 새 길을 떠나셨네
나는 아신(阿新)공주로 이름 시어 올렸네
비단벌레 말다래는 산 같은 능 안에서
아직도 신비한 초록빛과 붉은 빛으로 찬란한데
커다란 흙그릇에 그 아름답고 씩씩한 모습을 새겨두고
공쥬는 이제 어느 동산에서 머리에 꽃을 꽂고
비단벌레와 술래잡이하며 붉은 입술로 노래 부르시며

앳된 흰 얼굴로 홍조를 띠고 꿈을 꾸고 계시나
이제는 부황과 어머니도 다시 만나
예쁜 손으로 바둑도 두며 웃는 즐건 시간을 보내시네

젊은 여성 학예사의 계림로 44호 공주릉의 유물설명이 돔 안에서
한창인데
7월 장마비는 듬성듬성 내리다가
설명회를 시작하자마자 갑자기 땅이 꺼지도록
대낮이 새카맣도록 굉음을 내며 무섭도록 줄기차게 퍼부었네
나는 비로소 이상함을 느꼈네

내가 고교 시절 1973년, 만 50년전 계림로 왕릉 발굴현장을 구경
갔을 때
어떤 노인장이 현장을 찾아와 발굴하는 단원에게 쟁쟁히
말씀하셨네
"이 능을 발굴하는 여러분이 전생에 이 릉을 만들었소.
 이제 다시 찾아와 이 릉을 발굴하고 있소.
 이 릉에 묻힌 사람도 다 여러분들이오.
 이제 환생하여 다시 여러분들의 집을 찾아왔소."

장마비는 유물 설명하는 동안 줄기차게 논날같이 따루다가
설명이 끝나자마자 거짓말처럼 멈추고 성긴 빗방울만 흩날렸네
나는 열심히 설명하던
젊고 아리따운 여성학예사가 9세의 어린 신라공쥬이고

이 능의 여주인공이라는 생각이 문득 들었네
그러고 보니 그림컷의 얼굴도 닮아보였네
나는 그때 누구였을까?
하필 왜 이 시간에 무덤을 방문하여 몇몇의 적은 남녀탐방자와 함께
엄청난 소낙비 속에서 감탄하며 진지하게 설명을 듣고 있을까?

능에 묻히는 아신공쥬와 소꿉장난을 하던 어린 신라왕자였나?
순장조 6두품 아희였나?
능을 만들 때 심부름하던 평민 시동이었나?
1천5백5십년전 7월 11일 이 날 신라인이 능을 만들고 마지막 문을
닫으며
동쪽 제단 머리맡에서 안타까운 마음을 묻고
원왕생 원왕생 운모를 흩뿌리며 영겁의 제사를 올릴 때
장대비가 역시 엄청 와서 하늘도 울고 땅도 울고 나라도 울었네

나는 현장을 떠나며 무엇인가 미진하여 떠나지 못하고
자리를 맴돌다가 설명하던 여학예사에게 겨우 말했네
"내가 어린 시절 계림로 발굴현장을 구경갔을 때
 어떤 노인장이 방문하여 말씀하셨소.
 '이 능을 발굴하는 여러분이 전생에 이 릉을 만들었소.
 이제 다시 찾아와 이 릉을 발굴하고 있소.
 이 릉에 묻힌 사람도 다 여러분들이오.
 이제 환생하여 다시 여러분들의 집을 찾아왔소.'
 내가 이제 보니 설명하는 여성학예사가 이 신라공쥬요

어린 여주인공이군요."

듣는 사람 모두가 이상하게 생각하고 말을 못하였고
돔 안에는 신비한 적막이 고즈녁히 흘렀네

시-**신라공쥬는금동신발을벗어놓고**20230711화이궁식(함초롬바탕)

금관

이강식(시인)

20230522월   20230523화

금관의 한쪽은 완전 순 진짜예요 백퍼 신라금관예요^^
또 한쪽의 금관노 금관이 아닌게 아니고 환영이예요^^
옆에 황후복을 입은 아리따운 황후가 있어야 하는데
땅에서 알영정에서 계룡이 오른 옆구리로 모시고 나올 거예요
하늘에서 천마가 박혁거세 천제를 모시고 라정으로 내려오면서
묻는군요

어느 쪽이 금관이고
어느 쪽이 환영예요?
어느 쪽에 내려가요?

말하라!

말하라!

금관천마황릉의 천마는 금관을 오른쪽으로 날라오고
금관천마황릉의 천마는 환영을 왼쪽으로 날라가네

2개의 금관을 쓰고!
20230522월23화경주

내 금관을 찾아
이강식 은 언제 어디서나 즐건시간^^

시-**금관**20230522월23화경주이ㄱ식(함초롬바탕)

따의 철학

이강식(시인)

편 묵고 남을 왕따 시키고 있다고
희희낙락 좋아하고 있는 것들이
알고 보면 세상에서 제일 불쌍한 것들이다

따의 철학을 알면 너희는 부끄러울 것이다
너희들이 전부 나를 왕따 시키는 것으로 알고 있지만
알고 보면 내가 너희 전부를 왕따 시키고 있다

끼리끼리 뭉쳐서 남을 왕따 시킬려고
밤낮없이 남을 괴롭힐 궁리를 하며 혈안이 되어 있는 자들이
알고 보면 세상에서 제일 비겁한 자들이다
혼자서 밤길을 걸으면 아주 오줌 지릴 것들이다

괴롭혀도 혼자서는 남을 괴롭히지 못하고
꼭 무능하고 못나고 못된 것들이 떼거리 지어서 달려드는데
혼자서는 겁이 나서 꼼짝도 못하는 쫄보들이다

만국의 따여! 총단결하라!
독립자존의 길을 가라!

만국의 따여! 만세!

그러나 니도 결코 편 묵고 남을 괴롭히려고 하지 마라
따가 따로 있는 것이 아니니
니부터 남을 왕따 시키려고 하지마라

왕따 시키는 자는 반드시 왕따 시켜라!

남을 왕따 시킬려고 겁줄려고 개달려들듯이
개인상쓰고 달려드는 자들이 모두 허깨비이니
얼굴색도 변하지 말고 침착하게 대처하라
허깨비는 허깨비일 뿐
똥은 무서워 피하는 것이 아니라
더러워서 피한다
그러나 보복할 때는 확실히 하라
용서할 때는 확고히 하라

자기를 가장 존경하고 항상 힘차게 나아가라!
너 자신의 존재를 증명하라!
자능감을 세우고 자존심을 높이고 소리높여 외쳐라!
따의 사명을!
왕따 시키는 연놈을 완전히 왕따 시켜라!
남을 왕따 시키는 더럽고 불쌍한 악마 연놈들을
이 사회로부터 철저히 왕따 시켜라!

남을 왕따 시키는 더럽고 추잡스런 연놈들을
인생으로부터 영구히 청소하라!
왕따 시키는 연놈들을 사주, 비호, 은폐하는
사악한 연놈들도 다 지옥 보내라!
남이 왕따 당하는 것을 보며 수수방관하고, 웃고 박수치며
더 하라, 더 하라며 아주 좋아 어쩔 줄 모르며
지는 왕따 시키는 연놈들을 실제로는 더 미워했다며
지가 나서면 잘난 척한다는 소릴 들을까봐 참았다며
더 흉물 떠는 더 악질 연놈들도
모두 지옥에서 온 것들이니 지옥으로 쓸어 없애버려라!

이 독사의 새끼들아! 너희는 지옥의 영벌의 불길 속에서 반드시 이를
갈며 후회할 것이다

항상 기도하라!
너를 위해! 그리고 그 불쌍한 영혼들을 위해!

천사소녀 포항 영일대해수욕장(2018. 4. 28. 토 282-2604)

시-**따의철학**20201228월이궁식

리잘 의사의 새벽

이강식(시인)

Dr. Jose P. Rizal(필리핀, 1861~1896. 12. 30. 07:03)

붉디붉은 아침노을의 장막을 치고

새벽은 오고 드럼은 울렸다
오늘 고요한 새벽 숲속에서
악정과 폭압과 독재는 죽고 자유와 진리와 민주는 살았다
리잘 의사는 깜깜한 독재자의 어둔 밤을 물리치고
필리핀의 새벽을 알렸다

　필리핀(必理彬)!
　　필 리 빈

리잘 의사는 우리와 함께 있다
언제나 한 손에 책을 들고
언제나 아름다운 난초꽃 향기를 마음에 품고
독립과 정의와 진실을 향한 여정은 끝이 없다
그러나 그것은 이제 남은 자의 몫이다

리잘 의사의 새벽은 밝았다

필리핀의 새벽은 동트고 있다

리잘 의사의 꿈과 함께
마닐라는 영원히 전진할 것이며 결코 후퇴하지 않는다!

친구들아 안녕!
내 사랑이여 안녕!

영원한 안녕!

다시 만날 때까지

리잘 의사는 최후의 순간까지
불의와 거짓과 압제자와 등을 돌리고
오직 자유와 진실과 희망만을 바라보았다

리잘 의사의 새벽은 자유와 진리와 평화를 사랑하는
모든 인류의 새벽이 되었다

리잘 의사는 돌아오지 않는다
우리는 그의 발자욱을 따라 우리의 길을 가야한다

7,107개의 진주는 남태평양에서 밝게 빛난다
리잘 의사의 아침은 밝았다

2016년 12월 30일 7시 3분에
120개의 별은 흘렀다
인류는 다시 기도한다
리잘 의사의 안식을 위해
그리고 모든 평화를 위해

한국에서도 아침은 밝았다

시-**리잘의사의새벽**2016년12월30일07시03분금이긍식(함초롬바탕)

마닐라베이를 보며

이강식(시인)

저 멀리서 푸른 빛을 내며 마닐라베이는 밝게 빛났다
새하얀 흰구름은 바다 위에서 뭉게뭉게 피어오르고
뜨거운 태양은 무더운 여름 따가운 햇살을 붉은 지붕에 쏟아 붓는다
배들은 고동을 울리며 넓디 넓은 바다 위에서 유유히 떠가고
먼 바다의 이국 풍광이 한 눈에 어리니
바다바람에 야자수는 잎을 누이며
밀물과 썰물이 전해 온 지금까지의 이야기를 올올이 지키고 있다
바다 위에서 억겁의 세월을 담고

필리핀(必利彬)!
필 리 빈

섬들은 언제나 생동하고
섬들은 오늘도 희망을 향해 항해를 한다

저 멀리 깃발이 휘날리는 마닐라베이를 보며

또 한번의 여수를 품고
떠나온 곳과 가야할 시간을 호흡하며
새 바람을 온몸으로 안으며

그리움을 간직하고 긴 여정을 찾아서 간다
리잘파크의 크나 큰 깃발은 오늘도 힘차게 휘날린다
삶의 기쁨을 위해
시대의 진실을 위해
시대의 미소 띤 아름다움을 위해 굳건히 나아가고 있다

  저기 밝게 빛나는 마닐라베이를 보며

시-**마닐라베이를보며** 2015060158월 이ㄹ식 (굴림체)

묵언! 태화루 여기

이강식(시인)

아침에 정류장을 가니 바로 옆을 708번이 지나갔네
그래서 203번을 타고 태화루에 내려서 357번이나 807번을 기다렸네
먼저 오는 차를 타고 농산물도매시장 앞에서 내리면 되는 것이네
그래서 더 리터에서 나의 텀블러에 사온 녹차 라떼를 마시며 기다리는데
어떤 말끔한 중년 남성이 나의 외관을 기이하게 생각하고
눈웃음을 한껏 지으며 나에게 말을 걸려고 하였네
나는 오늘도 바쁜 일이 많아 혼자 골똘히 생각에 잠겨서
보고만 있었네 말을 걸지 말라는 무언의 소리였네
하지만 그럴수록 그는 아랑곳 않고 웃으며 기어이 말을 걸어왔다
"안녕하세요? 말을 해도 될까요?"
나는 곧바로 말없이 오른손을 휘흔들며 안된다는 뜻을 나타내었다
뜻밖인지 무안해서인지 그는 계속 예의 바르게 말을 걸어 왔다
"말을 못하세요?"
나는 손을 내저으며 말을 안한다고 하였으나 계속 말을 걸어왔다
"귀로 들리기는 들리세요?"
나는 손을 내저으며 말을 하지말라고 하였지만 전혀 안들었다
"울산 사세요? 어디 사세요?"
그래도 나는 손사레를 치며 말을 안하고 있었다
그러자 그는 땅을 쳐다보며 이상하게 생각하는 것 같았다

그래서 나는 할 수 없이 주머니를 뒤져보니 작은 약 비닐코팅종이
케이스가 있었다

그래서 다시 주머니를 뒤져 유성펜을 찾아서 다음과 같이 써보여
주었다

"묵언!"

그제서야 그는 환히 웃으며 고개를 끄떡이며 알았다는 듯이 뒤로
물러섰다

이윽고 357번이 왔다

내게 그는 경건하게 손으로 합장을 하며 고개를 숙이고

절을 하며 357번을 타고자 하였다

이번에도 나는 손을 휘저으며 합장이나 절을 하지 말라고 말렸다

헤어지는 것이 아니고 나도 357번을 탄다는 뜻이었다

그러나 그걸 알 리가 없는 그는 서둘러 차를 탔고 나도 곧이어 탔다

한참을 차는 달려 목적지에 도착했고 나는 내렸다

세계의 하늘에서 가장 큰 평화의 강 태화강

그 강위의 세계의 하늘에서 가장 큰 평화의 집 태화루에서

나는 지금 묵언!의 위대한 힘을 다시 한번 깨쳤네

시-묵언!태화루여기20221107월이ㄱ식

태화루 앞에서 갑자기 만난 할머니들과

이강식(시인)

환승을 하고자 203번을 타고 태화루 앞에 내렸네
정류장에는 할머니가 서너명 앉아있었는데
그 중 서있던 한 할머니가 내가 내리자마자 곧바로 물었네
어디 가세요?
잠깐만요
그리고 나는 버스 노선을 한참 찾아보고 나서 밝게 말했네
807번 타면 됩니다
그러자 큰 대용량 화장지 짐을 하나씩 가진 할머니들은 서로
돌아보며 말했네
807번이 어디 가나?
두런두런 정보를 극력 교환하였다
그런데 왜 그러세요?
차 태워줄려고요
나는 내가 가는 방향을 알아 버스를 안내해 주려는 줄로만 알았는데
그게 아니고 나를 차 태워줄려고 그랬다니 감사했다
그 할머니는 나를 아래위로 쳐다보며 말했네
옷을 매우 젊게 입으셨네요 근데 수염을 길렀군요
그때 나는 상의는 연보라빛 와이샤츄를 입었고 하의는 미군복
이미테이션 바지를 입었는데 역시 할머니가 나의 하이 패션을 보는
눈이 매우 있었다

나는 좀 억울한 목소리로 말했네
요즘은 젊은 사람도 수염 길러요
그러자 갑자기 할머니는 아무 말없이 퍼뜩 큰 대용량 화장지 짐을 들고
내 뒤로 살금 빠지는 것이었다
나는 자연히 뒤돌아보니 SM5가 스르르 대로변에
미끄러지듯이 와서 할머니를 태우고 갔다
SM5가 오자 할머니의 포스가 당당히 살아나왔고
다른 할머니와는 인사도 안하고 SM5를 타려고 바삐 뒤도
안돌아보고 곧장 가버렸다
나는 조금 당황해서 '뭐지뭐지.' 하면서 바라볼 뿐이었다
내가 찜 당한거야? 인류의 역사가 있기 오래 전부터 남자는 여잘
말도 안되게 허황하게 찜했지 근데 이제 그걸 내가 대속하나? 근데
내가 왜?
잠시후 버스가 와서 다른 할머니들도 타러 나가는데
나는 그제서야 정신을 차리고 그 와중에도
오른 손을 흔들며 할머니들에게 짧게 인사를 했다
바이!
이윽고 807번도 오고 마지막으로
나는 태화루 앞에서 버스탑을 떠났다
이렇게 '세계의 하늘에서 유일한 아주 큰 평화의 누각' 앞에서
훈훈한 인정이 넘쳐 흘렀고
바로 밑에서는 한 줄기 '세계의 하늘에서 유일한 아주 큰 평화의 강'
태화강이 맑고 푸르게 흘렀다

시-태화루앞에서갑자기만난할머니들과20220903토이궁식

찜

이강식(시인)

논문 쓰느라 동구불출 두문불출 발분망식 한동안 못갔던 서점
2군데를 갔다가
저녁이 이슥해져서야 무거운 책 3보따리를 즐겁게 들고 오다가
생맥주점 앞 도로변 노천 테블에서 시국 후 첨으로 사람들이 많이 모여서
맥주 한잔하고 있는 것을 아주 간만에 보고 그 분위기에 즐거이 취해서
나도 4천원주고 얼음이 하얗게 서려있는 차디 찬 광산생맥 딱 1컵
맛있게 혼술하였네요
집중해서 다 마시고 일어서서 마악 돌아서는데20230612월20:58
길을 지나가던 초로의 여성이 발걸음을 멈추고 서서
폰카로 갑자기 내 정면 사진을 대놓고 퍽 하고 크게 찍은거예요

나는 놀라기도 하고 우습기도 해서
가까이 다가가며 웃으면서 말했어요
"뭘^^ 찍었어요?"
그러자 초로의 여성은 아랑곳하지 않고 샐샐 웃으면서
사진을 쓸쩍 보여주었는데 나의 정면 전신상을 크게
나름 상당히 잘 찍었더라구요
그래서 내가 웃으면서 말했어요
"뭘^^ 그런 거를 다 찍고 그러세요? 지우세요,^^ 지우세요.^^"

그러나 초로의 아줌마는 지울 생각은 아예 눈꼽만큼도 없이
폰카를 보며 흐뭇하게 샐샐 웃으면서 말했어요
"분위기 있으시데요."
하고는 흡족해 하며 가던 길을 계속 가고
나는 정류장에서 413번 버스를 기다렸어요
하긴 뭐, 다른 테블은 고객이 꽉꽉 차도록 테블을 붙이고 의자를
추가하고
연락해서 모이고 남녀동락 즐겁게 웃으며 떠들며 담소하는 속에서
섬처럼 유일하게 나는 4인용 테블을 혼자서 차지하고 생맥을
진지하게 음미하고 있었으니 분위기가 있을 수밖에! 그럴 만두했죠!
초로의 여성이 멀리 떠나가는 걸 보며 나는 생각했죠
나 찜 당한 거예요?
참 나, 길을 가다가 남자가 여자 사진 찍는 일은
카메라 발명후 흔하고 많아도 여자가 남자 사진 찍는 일은
나도 드문 일이예요
나 또 찜 당한거예요?
나 어려운 남자예요
나 쉬운 남자 아니예요^^
내 유머코드가 어려워요^^

내가 세계최초 여성에게 몰카 찍힌 남자예요?
여성에게 사진 찍히고 내심 흐뭇해하고 재밌어하나요?
나의 이 어찌할 수 없는 낭만 젠틀 갬성!ㅎㅎㅎㅎㅎ

즐건하루^^

추신: 번호따요? 에이- 재밌었으면 됐지, 굳이 번호는 왜?
　　　그녀와 내가 사진1장으로 더 없이 완죤 행복하였소!

시-찜20230612월20:58이ⵕ식-2

그곳, 가을

이강식(시인)

기차는 떠났네
명촌철교를 지났네
하늘은 높고 가을은 진행 중
태화강에 아련한 그리움을 남기고
울산고가 4,011m를 길게 지나서
기차는 북상 중
가을은 남하 중
나의 가을, 다시

만나고 언제나
붉고 푸른 마음은
단풍되어 산하대지를 사랑할 때
두고 온 도시가
단풍, 만날 때
가을 찾다

단풍은 내려 오는 중
나는 올라 가는 중
가을 찾아서

느린 차창 밖으로
가을 만났네
반가운 해후
가을아, 안녕!
그러나 아직 여기 지금도
가을은 도착하지 않았네!
예쁜 가을은 내려 오는 중

만나다, 가을
아무도 모르는 여행본능
5시간23분이나 달려가서
혼자, 번개여행
처음 간 낯선 지방도시에서
나를 찾기 위한 여행

동해시 가을 바다를 두고
1시간10분 체류하고
바다를 보았나? 어데서 보았나?
엄청난 태풍은 오고
비는
논날 같이 따루는데
4시간57분 + 23분 + 15분 걸려
가을밤에
빗속을 뚫고 귀가하니

다시, 돌아 온
하루 즐거운
가을, 그곳

시-그곳,가을20220918일이궁식

죠지 오웰

이강식(시인)

비가 억수로 내리는 봄날이었지만 시내에 갈 일이 있어 나갔는데 우연찮게 서점을 발견하였다 나는 반가웠다 이제 시내에서 소서점을 발견하는 것은 모래사장에서 바늘귀를 찾는 것 보다 더 힘든 일이 되었다 거의 완전 사라져버렸고 이제 오히려 새 서점같은 중고서점이 슬슬 나타나는 판이다 신간은 잘 안 사는데 구간은 어떻게 사나? 구간 갖고 돌려막나? 그래서 기대를 하고 서점문을 여니 불은 꺼져있고 차단줄이 쳐져 있고 아무도 없었다 그런데 서점은 아기자기하게 정리가 아주 깔끔하게 잘 돼 있어 서점자체도 둘러 볼 만하였다 나는 연구실이나 집서재를 책이나 자료로 너무나 어질러 놓아 주위 사람들이 늘 아쉬워하였다 어떤 여대생이 내 연구실에 왔을 때, "연구실이 지저분하네요..... 근데 나는 지저분한 게 좋아요." 라고 알듯말듯한 소리를 하여, 나는 몬 소린지 아직도 애매하다 나는 서점이 휴무일인지 장기휴무인지 궁금하였으나 그러나 항상 낙천적으로 생각하여 '궁금하면 다음에 또 오면 되지.' 라고 하며 나왔다

그 다음에 애써 기억을 하며 시내에서 서점을 한참이나 찾고 찾아 돌고돌아 다시 갔는데 원래 길을 두 번째 찾는 것이 매우 더 어렵다 이 날도 비까지 제법 왔다 그런데 역시 여전히 불은 꺼져 있고 서점 내부는 손 댄 흔적없이 걍 그대로이고 주인은

역시 없었고 내부는 고요하기까지 하였다 장기휴무인지, 장기출타인지 알 수는 없었으나 나는 역시 낙천적으로 생각하였다 나비부인은 빗속을 날라서 어데로 갔나?

내가 무슨 3고초려하는 위대한 영웅호걸인지 3번째로 다시 서점을 찾았는데 이 날도 비가 제법 왔다 이 집은 올 때마다 비가 오는 징크스가 있었다 이번에는 불이 켜져 있어 우산을 우산꽂이에 넣고 반갑게 들어갔는데 아무 인기척도 없었다 조금 들어가니 서가 뒤에 여주인이 앉아 있다가 인사를 하였다 나도 인사를 하고 책을 둘러보다가 먼저 궁금한 것을 물었다 "여기는 언제 문을 엽니까?" 그런데 말하고 보니 조금은 이상했다 즉 보통 "여기는 휴무일이 언제입니까?" 라고 묻는 것이 정석인데 "여기는 언제 문을 엽니까?" 라고 물은 것이었다 그러나 다행이 여주인은 눈치를 못 채렸는지 "요새는 토일월 쉬고 화수목금 문을 엽니다." 라고 말했다 나는 무심코 "그러면 주4파군요." 라고 말했다 주4파, 참으로 오래 만에 듣는 추억의 단어였다 여기서 주4파란 과거 대학생들이 시간표를 압축적으로 짜서 주4일만 등교를 한다는 뜻이다 물론 파생된 여러 뜻도 있지만, 어느 쪽이 정작 파생어인지 지금 설명하기는 어렵지만, 여주인은 안 들었는건지 못 들었는 건지, 못 들은 척하는 건지, 여전히 말이 없었다 다행이었다 글쎄...

이윽고 둘러보고 책 몇 권을 사서 대금을 카드로 지불하는데 여주인이 역시 조금 무표정하게 뜻밖의 질문을 하였다 "이 책을 사 가지고 집에 가서 다 봅니까?" 나는 속으로 '여주인이 이제 나에게 무슨 역습을 가할 일이 있나?' 라는 생각도 잠깐 하면서 "글

쎄요…" 라고 조금 애매하게 대답을 하면서 상당히 회억에 잠겼다

"이 책을 다 봅니까?" 나는 내 연구실에 연구차 책이나 자료를 천장에 닿도록 산같이 쌓아두고 있었는데 남녀대학생들이 오면 아주 궁금해 하며 자주 하는 질문이었다 지금은 그런 질문을 할 대학생도 버얼써 없고 내 기억에만 항상 맴돌고 있는데, 뜻밖에 지금 서점 여주인이 단지 책 몇 권에 나로서도 항상 흥미진진한 바로 그 질문을 하였다 더욱이 지금까지 평생 책을 샀지만 서점 주인 중에 그런 질문을 한 사람은 결단코 단 한 사람도 없었다

며칠 후 봐둔 책을 사려고 서점에 가서 몇 권을 사서 종이가방 에 담고 있는데 서점 여주인이 또 뜻밖에 더욱 기이한 질문을 하였다 "이 책을 남 주려고 삽니까? 아니면 본인이 보려고 삽니까?" 지난번부터 내내 그것이 궁금해서 질문을 더 정교하게 한 것 같았다 그러니까 상당히 고심 끝에 자극'게이지'를 높일 수 있는 질문을 찾아낸 것 같았다 이번에도 나는 "글쎄요…" 라고 애매하게 반응'레베루'를 유지하며 대답을 하였다 서점여주인은 자극'게이지'를 높혔고, 이긍식 교수는 침착하게 반응'레베루'를 유지하였다 내가 다시 그 서점을 찾은 것은 소서점이 반가워서 이기도 하고 지난번 찜해둔 죠지 오웰의 만화평전을 꼭 사기 위한 것이었다 지난번에는 이 책이 판형도 컸고 샀는 다른 책이 무거운 같아서 잠시 킵해두었다

죠지 오웰(George Orwell, Eric Arthur Blair 1903~50)은 필명인데 참으로 잘 지은 이름이었다 "조지거나 또는 좋거나." 이 이상 좋은 필명이 어디 있겠는가? 그래서 책도 다 명저 중의 명저인 것 같았다 미국에서 대학생에게는『1984년』(1948, 1949간행), 고

등학생에게는『호밀밭의 파수꾼』(1951)이 과제로 가장 많이 출제된다고 한다 그래서 내가『호밀밭의 파수꾼』을 일부러 빌려 보기도 했는데 아주 인상적이었지만 지금은 기억에 아슴아슴하다 하여튼 어린애가 욕이 무척 많은 책이었다 언제부터인가 애가 어른만큼이나 대놓고 욕을 많이 하는 세상이 되었다. 기회가 되면 또 한번 봐야겠다 지금 보면 또 어떨지 글고 두 책은 모두 금서로 지정되어 엄청 고초를 겪은 바 있다 나도 내 책이 금서로 되면 인기를 더 얻을까? 하는 생각도 해보지만 지정도 안 된 금서가 더욱더 재미있을 것이다

특히 내가 군대 전방 GOP에 있을 때, 죠지 오웰의『1984년』을 가져가서 몇 번이나 다시 보곤 했는데 고요한 휴전선 전선의 밤에 정말 등골이 오싹하도록 전체주의의 디스토피아를 극명하게 그려내었다 특히 감방취조실에서의 고문장면은 군대에서 혼자 깊은 밤에 읽기에는 소름 끼치도록 압권이었는데 도체 죠지 오웰이 이러한 고문을 어떻게 알았을까? 하는 생각도 하였다 사실 나이도 젊은데 어떻게 바로 경험한 듯이 잘 알 수 있었을까? 하는 생각마저 든 것이다 그래서 내가 교수가 된 후 곧바로 "『1984년』은 지나갔는가?"(1993) 라는 제목의 논문을 써서 논문집에 게재도 하였다 이번에 죠지 오웰의 책을 반가이 보고 다시 가서 꼭 산 것은 이미 오래 전부터 그 논문의 속편을 쓰고 싶어 했기 때문이다 이 책을 사기 훨 전에 이미 논문제목도 다 구상이 되어있는데 글쎄 어떨지... 지난번 영화『미스터 존스(Mr. Jones)』(2019, 2021 국내개봉)를 이 시국에 꼭 본 것은 역시 죠지 오웰 때문이었다 죠지 오웰과 미스터 존스는 교감을 했던 것으로 보

는데 『동물농장(Animal farm)』(1945)의 소설 속 원래 농장주 이름이 존스였다 죠지 오웰이 가레스 존스(Gareth Richard Vaughan Jones 1905~35) 기자를 오마쥬(hommage)한 것은 분명하다 근데 영화 속에서는 두 사람이 직접 만났고 죠지 오웰이 상당한 영향을 받은 것처럼 묘사되어 있으나 이는 전혀 사실이 아니며 이를 주장하려면 두 작가의 직접 기록으로 반드시 뒷받침이 되어야할 것이다 그렇지 않고 영화(映畵), 뮤비(Movie, Moving Picture)라고 일방적으로 각본(screenplay)을 짜서 영상을 찍어 돌리는 것은 다큐를 빙자한 또 하나의 진부(Minitrue)가 될 것이고 또 하나의 오세아니아를 만들 뿐이다

뿐만 아니라 아돌프 히틀러(Adolf Hitler 1889~1945)를 인터뷰 했다는 것도 사실이 아니며 단지 독일 프랑크푸르트 가는 비행기에 동승하여 그것으로 1933년 특종기사를 썼을 따름이고 외교관이라는 것도 사실이 아니고 영국총리의 측근특별비서를 했을 뿐이고 직업은 기자라고 하는 것이 맞다 어디가나 포장기술이 너무 발달한 것이 유감이라면 유감이다

그리고 스탈린(Joseph Stalin, Ioseb Besarionis dze Jughashvili 1879~1953 강철인간)이 야기한 대규모 아사사건에 대해 목숨건 세기의 특종을 하였고 그리고는 1935년 내몽골에서 취재하다가 중국산적에 의해 납치살해되었는데 사실은 쏘련 KGB의 공작이었을 것으로 본다 이 부분은 이 부분대로 잘 살리고 영화상 극적으로 표현하는 것은 좋지만 그렇다고 전혀 저작물과 기록, 사실로써 증명할 수 없는 것을 영화가 허구(虛構), 픽션이라고 해서 없는 것을 만들어낸다는 것은 전혀 동의할 수 없을 뿐만

아니라 이는 허구 자체를 허구로 만들 뿐이다 실사만 해도 충분히 감동을 주고도 남는데 굳이 허구를 허구로 만들 필요까지 있나?

내가 볼 때는, 결국 디스토피아나 유토피아나 다 같은 세상의 다른 측면이다 현실의 디스토피아를 뒤집어 보면 유토피아요, 현실의 유토피아를 뒤집어 보면 디스토피아이다 또 현실의 같은 세상이 누구에게는 디스토피아요, 누구에게는 유토피아이다 그래서 위정자나 국민들이나 지식인도 항상 조심조심해야한다

내 의견으로는(In my opinion), 현실에서 디스토피아와 유토피아가 따로 있는 것이 전혀 아니다 그래서 내가 보면 죠지 오웰의 필명이 너무나 그의 소설에 딱 맞는 이름이었다 "조지였거나 또는 좋았거나." 이 이상 그에게 딱 맞는 필명이 어디 있겠는가? "조지일 것이거나 또는 좋을 것이거나." 더 살아서 좋은 세상을 봤어야 했는데... 아쉬운 것이다 죠지 오웰은 우리나이로 48세에 별세하였는데 더 살았으면 대단한 명저를 더 쓸 수 있었는데 내게나 인류를 위해서도 무척 아까운 일이고 우리나 외국인이나 아홉수를 항상 조심해야할 일이다 죠지 오웰 작가의 명복을 깊이 빈다

그런데 나는 같이 산 책 중에 '부자되는 법'이라는 취지의 중고 책에도 상당히 관심이 갔다. 이 책은 새책같은 헌책으로 나온 책이어서 궁금증이 더 하였다 과연 이 책을 보면 실제 부자가 되는가? 이 책을 쓴 사람은 과연 부자가 되었는가? 이 책을 중고로 판 사람은 과연 부자가 되었는가? 부자가 되어서 이 책을 팔았나? 아니면 부자가 안 돼서 화김에 팔았나? 궁금하면 사서 읽어보면 될 일이었다 죠지 오웰을 내 인생에서 길이 오마쥬하며

나는 묻고자 한다

　죠지 오웰은 길지 않은 일생을 큰형님을 만나 유토피아처럼
살았는가?
　큰형님 없이 디스토피아처럼 살았는가?
　아니면 디유토피아처럼 살았는가?

　말하라

　말하라

　멀더 요원! 정부가 하는 일에 너무 개입하지 마시오. 스컬리
요원이 항상 지켜보고 있고 개입의 방향과 깊이와 강도는 담배
피는 내 the Cigarette-Smoking Man 가 결정하오.
　나? 나는 당이오. 내가 당 The Party이고 내가 영사 Ingsoc라는
사실을 잊지 마시오.
　그렇죠, 여기는 오세아니아입니다. OK, Here is Oceania!
　정부를 언제든지 마음껏 비판해도 됩니다 다만 정부로부터 비
판을 아주 쬐금 당하게 됩니다 별 일 아닙니다 어둠이 없는 곳
에서 잠깐 만나면 됩니다 물론 당을 결코 시험하려고 하지 마시오

　높은 사람은 항상 옳다
　모든 동물은 평등하다 높은 동물은 어쩔 수 없이 더욱더 평등
하다

평등은 그가 결정한다
높은 사람은 너를 항상 높은 데서 지켜보고 있다

"Unpax pax   전쟁은 평화
 Unslave slave   자유는 노예
 Unknow power"   무지는 권력

신은 당이다 God is The Party
너는 높은 사람을 한없이 사랑한다.

1 + 1 =

시-**죠지오웰**20210713화12:01이긍식(맑은고딕)

無空
무 공

이강식(시인)

손끝으로 무를 그리고
마음끝으로 공을 그리네

마음꽃은 어디에서 피나?

말하라!

말하라!

AI는 전기가 들어가고
콤퓨터는 CPU가 들어가네

시-無空20230902토이ᄀ식
무 공

無知 亦無得 以無所得
무지 역 무 득 이 무소득

이강식(시인)

깨달음이 없으니 없다는 것을 앎도 없고 無知
역시 그 앎이 없다는 얻음도 없고 亦無得
그 얻음이 없다는 얻음을 얻을 바도 없네 以無所得 – 반야심경

깨달음이 없으니
깨달음이 없다는 것을 앎도 없고
깨달음이 없다는 것을 앎을 얻음도 없고
깨달음이 없다는 것을 앎을 얻음도 얻을 바가 없는 것도 역시 얻을
바가 없다

시–무지역무득이무소득20230221수이강식

운주사(運舟寺)

이강식(시인)

運舟寺에 갔더니
부처가족께서 반겨주셨다.
아버지 부처님도 안녕하세요.
어머니 부처님도 안녕하세요.
아기 부처도 안녕!

탑은 층층히 하늘 향해 돛대를 올리고
곧이라도 떠날 채비를 한다.
와불부처는 누워 계신데
이제 그만
일어나시라고 발가락을 간질이니
간지럼을 타며 몸을 뒤척이면서도
부부 부처는 금슬이 좋으신지
일어나시지는 않고 말씀만 하신다.
"네가 스스로 일어나라!"

가자! 저 21세기의 새 시대를 안고,
運舟의 배사공 배 띄워라.
돛을 올려라. 노 저어라.

가자! 저 비바람 몰아치는
雲住의 광야로.
가자! 韓民의 힘으로 미륵이 일어서는
후천 개벽 5만년 新天地人을 향하여.

道에는 확연히 聖스러움이 없으니,
평상심이 도라는 것을 알기는 어려워도
알고나면
평상심이 곧 道인 것을.

나들이 나온 부처가족들의 배웅을 받으며
하산을 한다.
편히 계세요.
또 올께요.

법당에 최루탄을 쏘니 나무부처, 돌부처, 쇠부처가
눈물을 흘렸는가? 안 흘렸는가?

말하라, 말하라.

버스는 東으로 가고 택시는 西로 가네.

시-운주사19980823이ㄱ식

태초유공!

이강식(시인)

야반3경에 대문빗장 만져보았소?
안 만져 보았으면 빨리 가서 만져보시오
응당 가서 만져봐야죠
나는 야반2경이라도 만져보고 싶지만

태초유공!
太初有空
태초에 공이 있었느니라!

3성반월교는 태초에 있었느니라!
星半月橋
그림자는 운산 저 깊은 곳을 비추네
雲山
그림자 없는 그림자는 구름산 저 깊은 마음속을 비추는 것 없이
비추네

3성반월교
星半月橋
영조운산리
影照雲山裏

경봉 스님의 참모습을 보았소?

말하라

말하라

그림자는 원래 없고 영축산도 원래 없고 통도천도 원래 없고
通度川
저 깊은 곳도 없고
비추는 것도 없고
3성반월교도 없고
마음 있는 것도 없고
마음 없는 것도 없고
무가 있는 것도 없고
無
무가 없는 것도 없고
無
무도 없고
무 무!
무!
없다!
없다는 것은 있다!
유 무!
有 無
유!
有
없다는 것은 없다!
오직 그대만이 있도다!

태초유공!
太 初 有 空
태초에 공이 있었느니라!

그대가 공을 사랑했을 때

공도 그대를 사랑하네

태초에 공이 있네!

태초무공!
太 初 無 空
태초에 공이 없었느니라!

야반3경에 대문빗장 만져보았나?
야반3경까지 기다리지 말고
야반2경이라도 응당 빨리 가서 만져봐야지
야반1경이라도 응당 빨리 나갈 채비해야지
야반3경에 자신의 참모습을 만나보고
야반4경에 확철대오해야지

○

미소!
微 笑

3성반월교
星 半 月 橋
영조운산리
影 照 雲 山 裏

3성반월교가 마음심이라면
　　　　　　心
마음이 없는데 마음그림자는 어디에 있나?
마음이 없는데 마음다리는 어디에 놓겠나?

마음 없는 마음에서

심교!를 건너고
心 橋

무심교!를 건너겠느냐?
無 心 橋

마음다리를 건너고 마음 없는 다리를 건너겠느냐?

통도천 청류동천에 마음이 흘러가겠나?
通 度 川 靑 流 洞 天

건너 갈 곳도 건너 올 곳도 모두 1합이로다!
合

유무1합!

∞

남쪽 산에 흰 구름 피어나니

북쪽 산에 붉은 꽃 흐드러진다

태초에 공이 있을 것이네

태초에 공이 없을 것이네

무공!

공!

공무!

우주가 라인스탙할 때

그대는 어디에 앉아있겠나?

그대는 누구와 함께 있겠나?

나는 그대와 함께 있어야 하는데

무심이 유심이어라!
無心 有心
유무동시
有無 同始
유무동시
有無 同時
유무동시
有無 同視
유무동시
有無 同是
무유불2
無有不
유무중첩
有無 重疊

태초에 사랑이 있었느리라!
그 사랑 어디에 있겠나?
내가 오직 사랑하는데 그 이름이 사랑일 뿐이느니라

시-태초유공!20220917토이긍식

----

*1합:『금강경』에서 유래해서 내가 처음 의미를 부여한 말
*3성반월교는 경봉스님이 운산 김치수 거사의 아들을 위해 놓은 마음
 다리라는 뜻으로 내가 해석했음, 즉 3성반월교를 심교, 마음다리로
 心 橋
 해석함

야반 3경에

이강식(시인)

새벽 2시 30분경 바람 없이도
촛불은 흔들리고 타타타 소리 내며 춤추었네
야반 4경 축시01:30~03:30 정야丁夜/계명鷄鳴에
바람없이도 닭은 울었나?

촛불이 흔들린게 아니고
네 마음이 흔들렸네

경봉 스님(1892~1982)은
1927년 12월 13일 화요일 맑음
35세에 확철대오하셨네

나는 곧 온갖 만물 속에서 나를 찾아나섰는데,
눈 앞에서 즉시 주인공의 집을 보았네.
하하하 뜻밖에 주인공을 만나니 의혹이 전혀 없이,
우담발화의 꽃빛이 온 법계를 흐르네. 원광.

我是訪吾物物頭,
아 시 방 오 물 물 두
目前卽見主人樓.
목 전 즉 견 주 인 루
呵呵逢着無疑惑,
가 가 봉 착 무 의 혹
優鉢花光法界流. 圓光.
우 발 화 광 법 계 류   원광

"스님 어디 편찮으시옵니까? 명정"

"그래 이젠 가야할 때가 되었어. 경봉"

"스님 가시면 보고 싶어서 어쩌란 말씀이십니까? 어떤 것이 스님의
참모습이십니까? 명정"

"내 참모습이 보고 싶으면 야반 3경에 대문빗장을 만져 보거라. 경봉"
1982. 7. 27. 16:25.

촛불이 춤을 추었는게 아니고
마음이 춤을 추었네
마음이 춤을 춘게 아니고
마음 원래 없는 것이네
일체유심조이지만
유심이 곧 무심이네
그 마음 원래 없는 것이네

향성무성香聲無聲이라
향이 타는 소리는 원래 없는 것이네
바람이 없는데 그 소리 또한 어디 있겠나?

그 소리 어디로 갔는가?
그 소리 원래 없는 것이네

야반 3경에 대문빗장을 만져보기는 만져보았나?
병야丙夜/야반夜半인 자시 23:30~01:30시에
가장 깊은 밤 시간때에
누가 캄캄한 한 밤중에 뜰에 나가 대문빗장 만지고
경봉 스님을 만나보기는 만나보았나?

야반 3경에 신수 대사는 오도송을 올렸으나 계합하지 못하였고
야반 3경에 5조 홍인대사는 6조 혜능대사를 비밀리에 방장실로 불러
금강경을 설하고 돈법을 전수하고 가사를 전법의 증거로 전수하였네
2대사는 완전 계합하고 선문을 드높이 세웠네
누가 도의 시간인 야반 3경에 뜰에 나가 대문빗장 만져보고 자신의
참모습을 보겠는가?

말하라!

말하라!

선사가 야반 3경에 길을 펼치니
나무 닭이 울어 그 소리 우렁차고
바람이 없으니 깃발도 없고
백척간두진1보니 그 1보는 마음 밖에 있네

*향성香聲은 경봉 스님의 대표적인 유묵으로 그 뜻은 '향소리, 향의
소리, 향내 나는 소리, 향이 타는 소리'인데 나는 이를 경봉 스님이

자신의 깨친 도리를 선어禪語로 나타낸 것으로 해석하였다. 원래 불가에서는 향성무진香聲無盡이라 하여 "향내 나는 소리는 그치지 않는다." 라고 하는데 향성무진이라는 경봉 스님의 휘호도 있다.

 이 시에서 '향성무성香聲無聲'은 내가 만든말로서 '향이 타는 소리는 소리가 없다. 향내나는 소리는 소리가 없다.'는 뜻으로 사용하였다.

＊촛불 타는 소리는 파파파파, 찌찌찌찌, 타타탓 등등으로 나타낼 수 있는데 나는 여기서 타타타로 나타내었다. 불가에서는 타타타를 여여如如로 사용하며 『황무지』에도 나오고 가요에도 나온다.

시-**야반3경에**20230310금이ㄱ식

취운선원

이강식(시인)

취운선원을 물어물어 찾아가니 전각은 아주 웅장하게 잘 지어놓았는데

대중은 아무도 없어 보이지 않는 종무소 보살에게 스맡폰으로 물었네

"뭐 하나 물어 볼까요? 여기 법문합니까?"

"안 합니다."

"여기 선을 합니까?"

"안 합니다."

"그러면 저 문 앞에 취운선원이라는 간판을 왜 붙여 놓았습니까?"

"그건 그 전에 하던 사람들이 붙여 놓은 것입니다."

"그 사람들은 어디 갔습니까?"

"모릅니다."

"저기 보살선원은 뭔가요?"

"거긴 보살들이 참선하는 곳입니다."

크나큰 취운선원도 보살선원도 선열당도 있고

참선을 한다고 간판과 주련은 줄줄이 다 걸어놓았는데 정작 선사는 어딜 가셨나?

법당은 좋은데 주인공은 아무도 보이지 않는 완전 적막강산이네

그러나 선원였던 것은 맞기는 맞네

신령한 빛은 밝게 빛나며 만고의 아름다움이니,

이 절문에 들어오면 지해를 갖고 있지 말라.

神光不昧萬古徽猷
신광 불 매 만고 휘 유
入此門來莫存知解
입 차 문 래 막 존 지 해

큰 절이 불친절하고 작은 절이 친절하다는 소문은
전국 신도들이 다 아는 공지 사실인지라 국룰이 되었고
마케팅 교과서에도 누누히 나오는 기본 중의 기본인지라
나는 진지하게 경영학의 위대함을
다시 한번 크게 체감하고 가만이 전화를 끊고 생각에 잠겼네
큰절이 불친절한 것은 경영학문제만이 아니고
근본적으로는 정치적인 문제라네
최고위 정치인과 고관대작과 재벌들과 큰 도시 돈재이 신도들이
빵빵한 시주금을 들고 사흘도록 기를 쓰고 찾아오는데
내같은 일개 처사 참배자야 온들간들 무슨 상관이랴?
절집에서는 중벼슬이 닭벼슬보다 못하다고 매양 말하면서도
종단의 보직이나 종회의원 위원장 위원 자리가 나면 서로 할려고
난리치지
당연하지 해야지 어떤 큰 종단의 종립대학에서 총장을 하는 승이
주지로 있는 절에는 대학원생 학부모가 벌써 눈치 긁고
신도로 등록하고 눈도장 찍는다고 정신이 없지 당연하지 찍어야지
어차피 불자라면 가야될 절인데 남들은 다하는데 부모가 돼서 그
것도 못해주면 안되지 나도 교수했지만 어서 빨리 가보라고 코치하
지 안 하겠어?

"이 교수님은 안가세요?"
"가봐야 별 수 없어, 워낙 날고 기는 신도들이 많아서리, 내 공부나
해야지."
그러니 불자라고 다 같은 불자 행세하면 안되지
그러니 내같은 일개 순례자는 공연히 분답기만 하고 밥만 축내고
돈 안된다고 하지
그러나 나는 그 모두를 이해하고 나의 길을 가야 하네
그날은 50년만의 가장 추운 날이라는 20230124음0103화였네
영축산 계곡은 반짝이는 얼음이 두텁게 얼었고
차디 찬 겨울바람이 먼지와 낙엽을 흩뿌리며 사정없이 몰아치는
인적 드문 통도사 겨울산사의 빈 길을 전화로 사정없이 문전박대
를 당하고
아무 소득도 없이 빈 손으로 힘들게 걸어 내려오며
나는 그래도 정당한 희망을 가졌네
소의 발자욱은 찾았으니 이제 길만 찾으면 되는 것이야!
'어쨌든 어딜 가도 갔다고 하니 어디라도 있고, 어디라도 있으면
찾는 것은 이제 손바닥 뒤집기 보다 더 쉬워!'
그래서 열심히 탐문을 해보니 옥련암으로 가셨다고 하네
그렇지! 늘 그렇듯이 멀리는 못가네
암자는 찾아가는 사람에게만 반드시 나타나지

그래서 나는 옥련암으로 갔다20230312일

나는 3월, 4월, 5월, 3번의 법문에 참석하였네

그리고 6월의 법문을 고대하던 중 곧 뜻밖의 문자를 받았네

20230604일10:30 "(일요참선법회 휴회공지)

옥련암 일요참선법회가 / 천봉약산 큰스님의 공적, 사적계획으로 /
6월부터 무기한 휴회합니다. / 도반님 여러모로 감사드리며 / 성불
하시기 바랍니다./ 해운합장"

도인은 도를 남겼으니 우리는 그 길을 갈 뿐이네
옥련암 약수가 흐를 때까지 1천2백5십 대중과 함께
천봉약산 도인은 항상 돌아올 것이야
법문은 여전히 영축산의 흰구름처럼 하늘을 맴도는데
선사는 묻네

"몸을 끄는 것이 이 멋고?

地身者是什麼?"
타 신 자 시 십 마

시-**취운선원**20230124화이궁식

통도사 개산대재 1376주년 山人의 길은 계속되고

이강식(시인)

영축산에 해가 뜨고
태화강에 달이 뜨네
山人의 길이 여기 있으니
다시 어느 곳에서 길을 찾으리

통도사 생일날 개산대재 1376주년 2021년 10월 14일 목 음 9월 9일 을미
중양절에
국화향이 만리를 덮은 산사에서
신라황족 자장 율사 진영을 기일에 친견하고
문수사리보살의 청량산 북대에서
영축산까지 다다른 그 높으신 은덕을 기리네
선덕여대왕님은 어디 계신가?
맑고 노란 황화범주를 올리며 장수를 기원드리네
햇찹쌀로 노란 국화전을 부쳐 먹세
중9절에 모두 모여 등고하고 노래 부르세

자장율사 금빛 친착가사를 친견하기 위해
오늘을 기다려 길을 찾아 산을 물어 물을 따라 여기 왔네
부처의 친착 금점가사는 다음을 기약하고

솥을 엎은 듯 불사리 돌탑에서 밥이 익을 때
영원한 도정에서 반드시 만나기를 바라네
부도헌다례에서
구하 경봉 월하 등 여러 스님의 부도탑을 만나 더욱 반가웠네
"야반 2경에 대문빗장을 만져보거라."(경봉)

　시월국화는 시월에 피네

기와불사에서는 8분의 극락왕생을 빌었고
국화불사에서는 8분의 견성성불을 빌었는데 나중에 몇 분(盆)을
찾아가나?
감국은 활짝피고 가람각 토지신은 어서 오라 환영하고
3성반월교 다리 그림자는 운산 속을 길이 비추네

부처는 길을 구해 바야흐로 몸을 던지려하는데
달마 스님은 누구와 발우를 나누나?
호압석 흩뿌리는 꽃비에
구도의 젊은 강백 스님은 잠들어 있고
괘불대에는 산하대지와 먼 하늘 흰구름이 여여한 부처로 걸려있네
나는 하산하고
돌아오는 길 산문에서 수많은 사람은 그들의 소망을 들고 입산하네

　올 한 해를 수확하고
　오늘 강남제비는 왔던 곳으로 돌아가네

쌍림에서 적멸보궁의 자취를 보이며 물은 것이 몇 가을이던가?
문수사리보살이 지혜로 적멸보궁에 머물어 기다리며 시대를 구하네
시적쌍림문기추 문수유보대시구
示跡雙林問幾秋 文殊留寶待時求

전신사리가 지금 여기에 여전히 존재하니
널리 군생으로 하여금 예불이 끊이지 않게 하라
전신사리금유재 보사군생례불휴
全身舍利今猶在 普使群生禮不休

시-통도사개산대재1376주년20211014목이ㄱ식

기생님을 통도사 영축고금명석원에서 만나서

이강식(시인)

통도사 영축고금명석원에서 꽃다운 기생님을 만나서 가만히 그녀들의 이름을 불러본다

采蘭 妓 萬年春 鶴府 錦花 承花 蘭喜
채란 기 만년춘 학부 금화 승화 난희

密陽 雲艶 蔚山 降仙 山紅
밀양 운염 울산 강선 산홍

月城 蓮葉(蓮英) 桂蘭 大邱 仙姬 香O
월성 연엽 연영 계란 대구 선희 향

金海月
김해월

採蓮 女永O 金海 采仙 昌原 采仙
채련 여영 김해 채선 창원 채선

艸梁 香蘭 朴花仙
초량 향란 박화선

慶州 玉仙 秋波 錦浪 菊香
경주 옥선 추파 금랑 국향

慶州 鏡月
경주 경월

瓊蘭 月坡 雪香 永川 秋波 菜香
경란 월파 설향 영천 추파 채향

O濟 碧汕 東萊 錦紅 順天 O正 O
제 벽산 동래 금홍 순천 정

세계문화유산 영축총림 통도사 WORLD HERITAGE TONGDOSA
UNESCO United Nations Educational, Scientific and Cultural
Organization
세계유산 World Heritage in the Republic of Korea
舞風寒松路
무 풍 한 송 로

소나무들이 춤추듯 구불거리는
무풍한송로를 따라가다 보면
부처님을 만나볼 수 있습니다.

檜山桂仙 鎭南 香興 玄峕蓮
회산계선 진남 향흥 현시련
慶州 鳳蘭 弟 香蘭 金陵 碧桃
경주 봉란 제 향란 금릉 벽도
妓 順喜 姜大蓮 月城 順喜 美玉
기 순희 강대련 월성 순희 미옥
O運 O正 李月仙 鄭蘭史
운 정 이월선 정난사
月城 鳳月 蓮玉 葉妓 蓮花
월성 봉월 연옥 엽기 연화
桂月 月桂 禹仙桃 東萊 桂仙
계월 월계 우선도 동래 계선
金陵 鄭菊香
금릉 정국향
安仁宅 丁正月
안인댁 정정월
香花 蘭姬
향화 난희
錦波 雲姬 鳳仙 楚月 琴仙
금파 운희 봉선 초월 금선
月城 雪娘
월성 설낭
粉香 鳳仙 鳳仙 彩鳳 蓮花
분향 봉선 봉선 채봉 연화
小松 竹坡 飛鳳 香蘭 初香
소송 죽파 비봉 향란 초향
金彩仙 贊珎 松竹
김채선 찬진 송죽
그리고 이름 모를 기생님이여!

꿈결같은 세월은 지나가고
그녀들은 간곡한 염원을 담아 아리따운 이름 두 자를 남겼다
원왕생! 원왕생!

누가 기생님을 위해 헌다례를 해 줄 것인가?

누가 꽃잎같이 흘러간 아름다운 청춘을 위해 한 잔의 술을 올릴 수 있을 것인가?

누가 작별하는 먼 길에 애석한 餞別金을 보내주겠는가?
전 별 금

영웅호걸과 재재다사한 문인이 기다려온

3월3짇날 오늘이 바로 그 날이네 20210414수

란을 캐는 채란이, 기생 만년의 봄, 받드는 꽃, 난의 기쁨

산유화혜! 산유화혜!

여기 공경히 한 잔의 차를 올리니

모두가 진달래꽃 피는 청량한 봄이 되소서

이제 통도사 靈鷲古今名石苑에서
영 취 고 금 명 석 원

천길만길 흘러가는 靑流洞天과
청 류 동 천

흰구름 서서히 흘러가는 산하를 보며

舞風寒松路에서 기생님의 춤과 시조창은
무 풍 한 송 로

치마자락 휘날리며 바야흐로 저 하늘에 닿았고

온 산하를 덮었네

그 노래

그 풍류

길이 남아 있으나

다시 어느 날에 금강계단 불사리 天女탑에
천녀

원왕생 원왕생을 기원하며

국지대찰 불지종가 일주문에서 다시 만나리오?

봄은 가고 여름은 오고 가을은 오고 겨울은 와도

꿈같은 세월에

비단옷 화사한 붉은 치마저고리 영축산을 휘날려 덮어서
그 풍류
그 창
그 장구
그 가야금
그 판소리 한이 없는데
누가 길이 기억하리?

그 웃음
그 슬픔
누가 다 애타하리오?
길이 추모하네
통도사 중양절은 끝났고 국화불사도 끝났건만 20211014목
그녀들의 봄은 다시 어디에 오고 있으리오?
치마자락은 은빛을 휘날리며 은하수에 걸렸고
칼춤의 쟁쟁한 소리는 온 산하를 뒤덮었네

여의주봉의 9룡은 승천하며 만사여의를 기원해주고
청류동천은 영원의 세월을 흘러가며 앳된 그녀들의 이름을 기억한다

그러나 곱디 고운 이름은 별처럼 여기에 남았어도

그러나 누가 그녀들의 염원에 행복을 줄 수 있을까?
그러나 누가 그녀들의 기도를 축복해 줄 수 있을까?

누가 그녀들의 사랑을 추억할 수 있을까?
누가 그녀들의 인생을 회억할 수 있을까?
기억하지 않으려는 그 풍류가인의 이름을 어느 누가 부를 수 있을까?
세상에서 잊어버리려는 그 어여쁜 예인의 삶을 어느 누가 가슴에
담으려 하겠는가?
만나도 내가 만났어야했는데 운명은 엇갈렸나?
그 어느 생에서 만나기도 했겠지

태화강에 스치어 가는 흰구름처럼
영산에 내리는 흰눈처럼
처용암의 흰물결처럼
저 푸른 장생포에서 물을 내뿜는 거대한 고래처럼
수 천년 바위 암각화의 여인처럼
월성의 초승달처럼
아아, 끝없는 인생사여!

이름 새긴 바위에 이끼 끼고 고혹한 사랑처럼 빗물은 흘러도
그녀들의 사랑과 기도는 여기 이곳에서 지금 현재 우리와 함께 영원
하리라

안식의 시간은 왔다
진신사리 부처의 가피와 신령의 외호로
즐겁고 기쁜 시간이 되고 원왕생을 빈다

기생님은 가도 산하는 옛과 같은데

천하의 청류동천 계곡과 영축산의 유현한 절경을
누구와 손을 잡고 풍류를 함께 노닐겠는가?
天下溪山絶勝幽, 誰能把手共同遊. (만세루 주련).
천 하 계 산 절 승 유   수 능 파 수 공 동 유

흰머리 숙이고 배회하니 기상은 오히려 가을을 숭상하고,
흰학이 나르는 파란 하늘은 흰구름 사라지고 흰달이 천추토록 밝도다
白首低徊氣尚秋, 鶴邊雲盡月千秋. (범종각 주련).
백 수 저 회 기 상 추   학 변 운 진 월 천 추

 나는 만경창파에 달처럼 환히 빛난 불멸불생의 그 이름들을 산곡히
불러본다

기생님의 치마저고리에 붉은 봄은 왔으나
남정네의 도포자락에 서슬푸른 가을은 어디에 와 있나?

말하라!

말하라!

흐르는 눈물은 희고 흰 은하수가 되고
처녀의 고운 마음은 밝고 밝은 달이 되고
불타는 사랑 붉은 입술은 붉고 붉은 해가 되었네!

-----------에필로그-------------------
 무풍한송로를 걸어가며 길에서 육안과 사진촬영으로 식별과 판독

가능한 기생님이름을 나는 2년간 오랜 노력 끝에 어렵게 전수를 찾아 기록했는데 명백히 부인이름 외는 모두 포함하였고 기생님인지 아닌지 애매하지만 여성이름으로 보이는 이름은 모두 기록하였으니 추후 기생님이 아니라고 확인되면 이름을 빼도록 하겠으니 혜량 바란다. 시시각각 광선에 따라 그리고 녹음, 숲풀, 낙엽, 솔갑, 흙먼지 등등으로 판독이 매우 어려웠는데 혹 빠졌거나 잘못 판독한 한자이름이 있다면 부디 혜량을 바라며 수정할 부분이 있으면 하시라도 얘기해 주면 고맙겠다. 물론 계속 판독하여 보완하도록 하겠고 그리고 산위에 있거나 바위 뒤에 있어 보이지 않은 이름도 다 기록하였으면 하나 그날은 또 어느 날이 되리오? 일단 여기서는 20220507토 까지 판독한 것을 먼저 담았는데 봄여름이 오니 녹음이 짙어지고 햇볕이 들어오지 않아 다시 가을겨울이 올 때까지 기다려야한다.

배정자(1870~1952 향년 82, 본명 裴紛男)가 桂香이라는 이름으로 밀양에서 기생으로 팔려갔다가 1882년 어릴 적에 통도사에 입산을 하여 耦潭이라는 이름으로 비구니를 하였는데 현재 영축고금명석원에서 보이는 측면에서는 이름을 못 찾았으나 관심을 가질 바이다. 흑치마 배분남이 걍 기생이나 여승을 했으면 또 어떤 삶의 궤적을 그렸을까? 본명 裴紛男, 개똥이, 여자 이완용, 요화 다야마 사다코田山貞子 배정자는 해방 이후 미쳐서 서울 거리를 돌아다녔다고 하는데 미쳤는지 미친 척한 것인지는 현재 알기는 어렵다.

이강식 백.

시-기생님을통도사고금명석원에서만나서20210927월09:41이ㄱ식

통도사 무풍한송로에서 관음재일에

이강식(시인)

나는 이제 하산하고 그녀는 이제 입산하네
무풍한송로에서 춤추는 바람과 차거운 소나무는
나는 배웅하고 그녀는 마중하네
석등은 저녁 어스름에 하나둘 불 밝히며
부처광명은 말씀하시네

  생멸의 불은 이제 꺼졌으나 생멸멸이 生滅滅已
  적멸의 불은 오히려 켜졌으니 오직 즐겁도다 적멸위락 寂滅爲樂

영축고금명석원에는 무수한 사바의 이름 석자를
간곡한 염원으로 바위에 새겨 두고 갔고
부도원 무수한 부도에는 스님이 속세를 떠나와 있네
금강계단의 문을 닫고 대방광전 대웅전 적멸보궁은
직멸에 들이갔네
인적없는 산길에서 우연히 만난
나무아미타불 나무아미타불
나무아미타불 나무아미타불을 크게 외치는
청류동천의 우람한 물소리는 바위를 치며 흐르고
나는 떠나는 길에 손에손에 무슨 꽃을 피워가고

그녀는 오는 길에 마음에서 마음으로 무슨 깨달음을 가져오나?
제1강산 무쌍선원 기와장의 낙수물이 떨어지면
9룡지의 1룡이 3성반월교를 건너 여의주봉 위를 날라 높이높이
승천하리라
영축산의 저기 검은 독수리산은 예와 같고
흰학은 고운 자태로 흰구름 무지개속을 길이 나르는데
해장보각에서 진신사리를 고이 모시고
이역만리 바다 건너 온 신라스님 자장 율사를 참배하네
선덕여대왕님께도 꼭 안부 전해 주세요
구름은 천년만년 오고가도
산은 여전히 산이네

  통도사는 늘 절이네
  금강계단 불사리 연꽃봉오리 돌탑에 연꽃 피고 사슴 즐겁게 노닐 때
  부처는 니란자하 강변에서 빛나는 동쪽 새벽별을 보고 법열의
  기쁜 미소를 짓네

사하촌에서 버스를 기다리며
우산을 기대고 1유로에서 사 온 녹차라떼를 마지막까지 마시네
1723번 버스는 불을 밝히며 달리고 달려
신복환승센터 건너편에 나를 내려다줄 것이네
8월의 마지막 날, 엄청 비 오는, 그래도 조금은 무더운 날
혁신에 혁신을 다한 명품 검은 비닐봉다리 패션 가방을 무겁게 매고
나는 마침내 사바로 도로 돌아왔네

2021년 8월 31일 화 관음재일 음 7월 24일 신해에
소낙비 다 젖도록 맞으며 심산9곡을 차 타고 걷고 또 걷고
찾고 또 찾아
관음불을 만났는가? 만나기는 만났는가?
어디서 만났는가?

우리는 합장배례하며 반가운 해후를 뒤로 하고
나는 다시 불빛 영롱한 사바로 나아가고
그녀는 저녁 어스름 속의 금강계단으로 나아가네

 봄 꽃, 여름 소나기, 가을 단풍, 겨울 흰눈이 영산에 성큼성큼 찾아
올 때
 흰옷 관자재불은 붉고 붉은 홍련으로 푸른 동해 방어진항에 활짝
피었네

시-통도사무풍한송로에서관음재일에20210901수09:33이ㅎ식(제2시)

통도사 지장재일에

이강식(시인)

통도사 지장재일에 하산하다가 입산하는 그녀를 다시 또 만났다
아침에는 맑더니 하오에 들어 많은 소낙비가 주루룩주루룩 간헐적
으로 내리는데 고요한 무풍한송로를 그녀는 우산도 없이 걸어온다
나도 우산이 없었으나 하루종일 소낙비를 맞지는 않았다
그녀를 관음재일에 만나고 지장재일에 또 다시 만나니 더욱 반가웠다
나를 따라 나와 친절히 산문까지 배웅해주고 다시 돌아간다

萬法歸1(만법귀1)하니 1歸何處(1귀하처)오?(『벽암록』 제45칙)

금강계단 불사리 종 돌탑의 종소리가 산하대지에 장엄하게 울려
퍼질 때
부처는 하늘과 땅을 두 손으로 가리키며 7발자욱을 걸었고
나는 하늘위와 하늘아래에서 오직 독립자이고 최고존귀자이다!
天上天下唯我獨尊!
엄정히 선언하셨네

천고 금사는 여울목에서 상류로 흐르고
千古金沙灘上水 천고금사탄상수 (만세루 주련)

태화강 백리대밭은 해장보각 용궁까지 달려가고
화엄세계는 꽃이 되어 울산에서 영롱하게 펼쳐졌다

지장보살은 지옥에서 마지막 한 사람까지 통도시키기 전에는 성불
하지 않겠다는 원력을 세우고
왼손에는 밝은 구슬 명주을 들고
오른손으로는 주장자 금석을 높이 들었네

　지장대성은 신력의 위엄이 있고, 항하사 억겁의 설교를 다하였네.
　보고 듣고 예불보는 한 생각간에도, 이익은 천계와 인계에 무량한
일이네.
　地藏大聖威神力, 恒河沙劫說教盡. 지장대성위신력, 항하사겁설교진.
　見聞瞻禮一念間, 利益人天無量事. 견문첨례1념간, 이익인천무량사.

도명존자와 무독귀대왕은 공손히 뜻을 받들어 지옥중생을 구제하고
반야룡선은 저 언덕으로 장대비 세차게 오는 오늘도 긴 항해를 떠난다

사자목5층석탑에서 비는 흩뿌리기 시작하고
짙은 구름은 영축산을 넘어오는데
사자후는 이제 시작일뿐!
國之大刹　佛之宗家(국지대찰 불지종가) 1주문에는
개산대재 1376주년 국화꽃불사가 만발하니
화엄세상 중중무진 국화향이 끝도 없이 사바를 퍼져간다

국태민안!
세계1화!
건강행복!
견성성불!
통도사상주불멸!

대광명전의 광명은 금빛햇살로 중생을 비추고
용화전 보발탑의 유미죽은 누가 공양받았나?
미륵부처는 미래에 뵈올 것이니
지장재일 2021년 9월 24일 금 음 8월 18일 을해에
지장보살의 원력으로 우리 모두 원왕생하고

　우리 모두 영산회상에서 다시 만나세!

　일찌기 옛날 영축산에서 수기받은 이들이
　지금 영산회상에 다 모여 응진전 중에 앉아있네.
　曾昔靈山蒙授記, 而今會坐一堂中. 증석영산몽수기, 이금회좌일당중.
　(응진전 주련)

그녀는 웃으며 입산하고
나는 웃으며 하산하네

시-통도사지장재일에20210924금17:33이ㄱ식

통도사 무풍한송로 중간에서 당이 떨어져

이강식(시인)

통도사 무풍한송로 중간에서
나는 당이 떨어져 거의 죽을 뻔 했네 20220419화15:39
지장재일 다음날 기생님이름 확인땜에 연장 뛰었는데
온 몸이 삽자기 씨르르 아프면서 힘이 스물스물 빠져 나가는데
아! 당이 떨어진다는 것이 이런 것이구나!
생전 처음 느끼며 길가 배수로 화강암 돌에 스르르 앉았는데
이미 육신을 끌고 걸을 수 있는 힘도 없고
동으로 가도 멀고 서로 가도 아득히 머네
마지막 빛나는 촛불처럼 가물거리는 정신을 부여잡고 생각해 보았네
내가 지금 갖고 있는 물품 중에서 당을 보충할 것이 무엇이 있나?
다행이 내 까만 백팩에 늘 갖고 다니는 뭔가 있다는 것을 생각해 내었네
가방을 뒤져 커피믹스 두 봉지와 가늘고 긴 백설탕 세 봉지 있는 것을
생각밖에 금방 잘 찾아냈네
커피믹스 1봉지와 백설탕 2봉지는 겨우 빨아 먹고
그 와중에도 커피믹스 1봉지와 백설탕 1봉지는 아껴두었네
기억에는 없는데 빈 봉지 3개는 버리지 않고 모두 백팩에 넣어두었네
이번에는 잠이 밀려와서 배수로에 편안히 걸터 앉아
그래도 똑바로 앉을려고 노력하며 아무 생각없이 앉아서
수도자의 풍모처럼 하고 남향으로 앉아 세상 밖의 잠을 잤네

무풍한송로는 지나가는 사람이 가끔 있었어도
다행이 아무도 내게 관심을 갖지 않았네
빽빽한 소나무 그림자는 일렁거리고
밝디 밝은 파란 하늘에 흰구름은 아예 없고
청류동천의 물도 별로 흐르지 않고 이제는 고요하고
바람 한 점 불지 않고
이제는 꽃도 다 떨어져 가는 숨 막히는 화창한 봄날 하오에
대낮에도 칠흙같이 완전히 깜깜한 암흑 속에서
아무 소리도 들리지 않는 심연의 침묵 속에서
더 이상 가물거리지도 않는 생명으로 오직 산천에 몸을 맡기고서
시간 없는 시간 Timeless time 에서
공간 없는 공간 Spaceless space 에서
나 없는 나 I without me 는 완벽한 무념무상 속에 그저 편안한
표정으로 앉아만 있었네
반야룡선 크루즈를 타고 빛의 강을 건너가지도 않았고
아미타여래도 만나지 않았고
지장보살을 만나지도 않았고 무독귀왕과 존명존자도 만나지 않지만
극락길이 멀다하나 대문 앞의 무풍한송로가 극락일세
여기 지금 내가 극락일세

그러다가 얼마나 지났을까? 당이 돌아 퍼졌는지
이윽고 스르르 일어나 다시 두꺼운 시작노트를 들고
아무 일 없다는 듯이 무심히 표정하나 바꾸지 않고
기생님이름을 찾는 답사를 계속 했네

몸이 휘청거리고 다리가 후둘후둘 떨리고 발목이 비틀거려도
넘어질 듯 말 듯 겨우 앞뒤로 몸을 가누며
마른 먼지 풀풀 나며 쌓여있는 솔깝과 낙엽이 가득 우거진 산비탈을
미끌어지듯 걸으며 답사를 계속했네
확인할 수 있는 마지막 이름까지 확인했고
김채선 찬진 송죽 분향 봉선 채봉 소송 죽파 연화 비봉,,,, 기생님들...
그러나 아직 미진하고 나는 다시 더 와야하네
산문 멀리 중간쯤에서 왜 하필 그때 그곳에서 쓰러졌을까?
이미 육신을 끌고 오른쪽으로 갈 수도 없고 왼쪽으로 갈 수도 없고
배수로에 발을 내려놓고 화강암에 걸터앉아
오직 내 힘으로 해결했어야 했네
이렇게 쉽게 편안하고 간단히 갈 수도 있다니!
군대 전선에서 지뢰밭을 뛰어 다녀도 괜찮았는데
이렇게 평화로운 산길 선경 속에서 말 한 마디 안 하고 갈 뻔하나?
누가 나를 일으켜 세워 다시 답사를 계속 하게 했을까?
화려한 봄날 내 우주적 거창하고 찬란한 생명
커피믹스 1봉지와 가늘고 긴 백설탕 2봉지에 달려 있었네
커피믹스 한 봉다리와 백설탕 한 봉다리는 그래도 안 먹고 끝까지
가방에 고이 아껴두었네
기억이 없는 이 와중에도 빈 봉지 3개는 버리지 않고 모두 가방에
넣어두었네
이렇게 쉽게 편안하고 간단히 일어설 수 있다니!
차를 타고 집으로 돌아와 기생님의 이름을 정리해서 컴퓨러에 저장하고
추모시를 쓰며 그녀들의 삶을 길이 애도하였네

누가 누구를?

그러나 갈 때 가더라도 마지막 순간까지 꽃같이 아리따운 그녀들을 위한 시는 써주고 가야하지 않겠나?

나는 부처님과 천지산하의 신령님과 영축산령님과 기생님의 도움으로 살아 돌아온 것 같기도 했네

그런가? 커피 믹스와 설탕 봉지를 언제부턴가 그저 하나둘 짱박아 들고 다닌 내 미필적 준비성과 초기 강박저장증후군 땜에 살았나?

항상 지금이 그 때이네!

나오기 전에 무겁다고 가방을 꼭 비웠거나 하릴없이 그 동안 탈탈 털어 먹었으면 어떻게 되었나?

올은 4.19이고 부처님 생신 2566년 20220508일을 며칠 앞두고 그나마 절에 사폐 안끼친 것만 해도 천만다행이네

그래서 부처님과 천지산하의 신령님과 영축산령님과 기생님이 도와 주신 것 같았네

범사에 감사하며 깊이 합장하였네

시-통도사무풍한송로중간에서당이떨어져20220419화22:53이ㄱ식

통도사 무풍한송로에서 당 떨어졌던 시인과 여약사

이강식(시인)

그러나 이게 다가 아니었네, 이게 다면 섭하재?
나는 집에 돌아와 있으니 마음이 심상했어
그렇게 욜씨미 살려고 노력했는데
그림 같은 산길에서 딩 떨어지니 오직 그냥 그렇게 속절없이 갈 번하니
그 막막한 우주의 절대시간과 절대공간으로
깜깜한 회랑을 한참 지나 마침내 적멸보궁에 도달했는데
이 언덕에서 저 언덕으로 도피안하려는 찰라에
현실의 상대시간과 상대공간으로
커피 믹스 1봉지와 백설탕 2봉지로 그렇게 쉽게 돌아오다니
나는 이러고 있을 때가 아니고 좀더 정리하고
주위와 좀더 소통해야겠다고 마음 먹었네
시간을 내서 등단할 때 내 등단시가 있는 사화집 한 권을 들고
평소 단골로 자주 약을 구입했던 어여쁜 여약사를 찾아가
약을 구입하고 사화집을 주면서 말했네
"시 좋아 하세요?"
그러자 평소 아리답고 지성미가 넘쳤던 여약사는 뜻밖에
카운터에 놓아준 시집은 쳐다 보도 안하고 완강히 말했네
"아니, 별로 안 좋아 합니다. 바빠서 못 읽습니다."

아니, 시를 안 좋아한다는 젊은 여약사도 있나?

나는 다소 놀라면서 내가 쓴 사화집 부분을 펼쳐 보여주면서까지 말했네

"다 읽지 않아도 내가 쓴 것을 읽어보면 됩니다."

그러나 그녀는 인상을 쓰며 말했네

"아버님이 시도 쓰세요?"

대부분은 내가 시를 썼다면 사화집을 들고 읽으면서 곧바로

사진이 얼굴과 아주 다르다며 소녀다운 호기심을 표하는 것이 일반적인데

여약사는 더 인상을 찌푸리며 아예 쳐다보도 안했네

"아, 예, 한 번 읽어보세요."

그러자 그녀는 아주 달갑지 않은 표정으로 말했네

"약국은 내 혼자 근무하면서 밤에 먼지도 털어야 하고 해서 읽을 시간이 없습니다."

"그러니 두고 갈테니 시간날 때 읽어보세요."

그러자 재바른 여약사가 조금 반색을 하며 말했네

"그럼 이걸 절 주신단 말이예요?"

"그럼! 줄려고 갖고 왔죠!"

그러자 눈치빠르고 영민한 그녀는 비로소 책을 들고 펼쳐보는 시늉을 했네

둔한 나는 영문을 모르고 평소 내가 준비해 온 멘트를 계속 했네

"읽어보고 소감을 말해주면 평가를 해서 보상으로 성과급을 줄거예요."

그러자 그녀는 어리둥절한 표정을 지으며 생각하는 듯했다

'시를 읽으면 돈을 준다니 이건 또 뭔 쇼리야?'

나는 더욱 진지하게 말했네

"그리고 약국 먼지 털 일이 있으면 내한테 말하세요, 내가 알바해 줄께요."

알바라면 내가 제시카 알바 보다 훨 나아요!

그러자 여약사는 비로소 흥미를 가지고 조금 웃는 듯했네

나는 그리고 약국을 나와서 봄밤의 춥고 어두워 지는 길에 혼자 서서 웃었네

이제 내 도호를 '하늘보며 웃는 선비,' '天笑士(천소사)'로 해야겠어!

하늘을 보며 웃는 천소인(天笑人)이지

인생이 누구나 시한부인생이지만 그것은 그나마 행운이야!

이번에 내가 보니 인생이 본래 시한 자체가 없었네

인생이 기한의 이익이 없는 봄밤의 한바탕 일장춘몽이었나?

4일만에 깨달은 시인의 인생철리가 이렇게도 어려웠네

시-통도사무풍한송로에서당떨어졌던시인과여약사20220423토 18:08이강식

통도사 무풍한송로에서 당 떨어졌던 시인과
커피가게 여점장

이강식(시인)

수려한 시간과 공간 앞에서 강건함으로
나는 언제나 그렇듯이 스스로 일어섰네
이번에는 자주 가는 커피가게 여점장에게 미리 조심스레 약간 예고
하였네
부처님생신하루전20220507토
"시 좋아 하세요?"
그녀는 저절로 매우 반색하며 말했네
"아, 좋아하죠!"
"시집을 돈을 주고 사서 읽나요?"
"아, 그렇죠! 이게 이번에 사서 보고 있는 시집이에요."
그러면서 과연 유명 시인의 시집을 모니터 뒤에서 꺼내어 내게 척
보여주며 스스로 독자인증하였네
"아, 그러면 독자 맞군요."
과연 경영학교수다운 프로 시 독자인증이었다
내가 통도사 갈 때마다 빠지지 않고 매번 들리는 단골손님이지만
여점장은 내가 경영학자 경영학명예교수 경영학박사 시인 출판인인
줄은 꿈에도 모르고 있는데 나의 느닷없는 시 독자인증에도 젊고 아
름다운 그녀는 마스크를 쓰고 영문도 모르고 예쁜 눈을 보통 때보다
더 반짝이며 아무 의문없이 매우 흥미진진하게 환대하였네 그리고

이번에는 여점장이 물었네

"내일 또 오세요?"

"아, 내일은,,,, 부처님오신날에는,,,,, 부처께서 오라는 절이 많아서 낼은 못 오고 담날 올거예요."

올은 여기 큰 절에 오고 낼 부처생신20220508일 당일에는 멀리 떨어진 깊은 산속의 작은 암자 대원암에 등을 달러 갈 예정이네

아름답고 젊고 예쁜 어린 여점장이 오라면 와야지 산속의 작은 암자는 굳이 왜 가? 큰 절 놔 두고?

제행무상이라! 제법무아라! 열반적정이라? 1체개고라? 그러나 나는 열반적정은 아직 아니네! 다행인가? 내가 다행인가? 세상이 다행인가? 오지 말라면 안 가야지

그래도 다행히 4법인 중 3법인은 이루었나?

과연 기약은 하지만 확약은 할 수 없는 담에 오면 또 어떨지?

올은 드뎌 사화집을 챙겨 가지고 갔네20220701금맑음밝음상당히더움

두 달만이네

에궁 내 시가 있는 사화집 1권 완전 자의로 무상으로 나눠주는 것도 어려워

사전에 전전긍긍 눈치보고 시추작업pilot test하고 복잡한 경우의 수도 헤아려야 한다는 것을 알 때가 기어이 되었고 언행1치는 해야 하고 이제 사화집은 나눠주야 하고 소시적에 암 것도 생각 안 하고 그저 즐겁게 직설로 나갈 때가 마냥 행복하였네 이유없이 깨져도 그저 그 때가 좋았네

  그것도 있고 실상 이제 먼 길에 무겁고 자꾸 잊어버리는 짐을 들고 갈수록 복잡해지는 길에 택시타고 좌석버스타고 시내버스타고 기사 승객 행인 가게주인 어린 학생 상대하는 것도 갈수록 어려워져만 가네
  세계는 공연히 복잡해지기만 하고 세상이 산 속에서 날 당 떨어지게 하는 것이네
  그러고도 개인책임이라고 눈을 부라리지 그러니 내같은 私人(사인)은 민폐 안 끼칠려고 이리저리 몸을 건사하느라 바쁘지
  그래서 복잡계 아냐?

  1체개고라!
  상락아정이라!

  도제! 멸제! 집제! 고제라!

  개봉박두!

  드뎌 사화집을 가지고 마스크를 마주하고 대면하였네
CONFRONTATION!
아름다운 마음씨를 가진 여점장은 매우 반갑게 다가왔네 얼굴도 말할 수 없이 예쁜데 잠시 마스크를 벗었다가 황망히 쓰는데 항상 봐도 마스크 땜에 손해를 많이 봐!
  사화집을 주니 뭔가 싶어서 펼쳐보다 내 사진을 보고 상당히 놀래서 말했네
  "사진이 아주 다르게 잘 나왔네요."

"아, 아,,, 그게 아니고 내가 아, 아, 그게 아니고,,,,, 그게 아니고,,, 그게 아냐,,, 그게 아냐,,, 내가 점장만한 소시적에는 얼짱이었어요."

그러나 여점장은 내 말은 듣도 안하고 웃으며 말했네

"대구에서 학교 나왔어요? 나도 대구에서 자랐어요."

"그렇죠. 대구는 내가 꽉 잡고 있죠."

나의 소시적 20대의 전형적 과장적 화법에 점장은 헤- 웃기만 하고 별로 동의하는 눈치는 전혀 아니었네 그러나 시에는 그러나 상당히 흥미를 가지고 특히 나의 신상정보를 이제서야 처음 읽고 눈을 반짝이며 집중했네 나는 본론을 조심조심 말했네

"시를 읽고 소감을 말해주면 성과급을 줄 수도 있어요. 평가는 내가 하죠."

점장은 헤- 웃고 전혀 믿는 눈치가 아니었다 시를 읽어주면 돈을 준다니? 그래도 올은 다행이었네

나는 이제 소감듣고 보상으로 성과급 줄 일만 남았네

공거는 없네

커피 시켜 먹고 퉁치면 결코 안되네

등불로써 모든 부처님께 공양하면

이 세상에서 더 이상 위가 없는 최고의 등불을 얻네 『화엄경』「賢首品」

以燈供養諸佛故　得成世中無上燈

이등공양제불고 득성세중무상등

부처는 해마다 오시는데 나는 어디에서 등을 얻나?

그 보다 먼저 1체제불에게 등공양부터 하시오!

한 등이 1체제불등이요 1체제불등이 한 등이요

나는 묻는다

한 등이 만등이요 만등이 한 등인데 한 등을 어디로 전하리오?

말하라

말하라

필요한 사람은 반드시 등을 피울 것이야
새 울면 구름 흘러가고 꽃 피면 淸風東流(청풍동류)는 흘러갈 것이야

새벽별이 저절로 반짝이니 도를 얻었는데
새벽별은 다시 어디로 전하리오?

말하라

말하라

영축산에 해가 뜨고 문수산에 달이 뜨네
心月(심월)은 언제 내 마음에 뜨리오?

마음 달은 이번 생도 이만한데 언제 내가 볼 수 있으리오오?

부다는 올해도 어김없이 오셨는데 나는 어디서 볼 수 있으리오오?

망해사에서 자청해서 처용랑이 춤을 추고 노래 부르네

그 노래 춤 누가 다시 볼 수 있으리오오?

시-통도사무풍한송로에서당떨어졌던시인과커피가게여점장
20220507토이강식

통도사 무풍한송로에서 당 떨어졌던 시인과 두 낭자

이강식(시인)

이제 또 밤에 누워서 생각해 보니 그게 아니었네
자, 이제 뭔가를 정리해야겠다는 생각이 당연히 들었어
지금껏 일을 너무 벌여오고자만 했는데 이제는 정리도 하면서 해야
한다는 가상한 생각이 들었어

그때 마침 생일이 하루 지났는데 그간 세상에서 우연히 만난 형용할
수 없이 아름다운 두 낭자가 문자를 새벽과 상오에 동시에 딱 보내서
나의 생일을 너무나 놀랍게 축하하여 주었네 하루 늦긴했지만 이 무씬
딱 때 맞춘 텔레파시야?
캄캄한 전인미답의 미지의 어둠 속으로서 뜻깊은 여행을 마치고
갓 돌아온 내게 살아있는 삶의 생신을 축하해주니 그 의미가 너무나
각별했네 이 맛에 사는구나! 살아야 하는구나!
글구 내 생신을 어떻게 알고 기억해 두었다가 생축했지? 도대체
어떻게 알았지? 막상 내 옆에 항상 있는 사람들도 모르고 전혀 안
하는 생축을 하필 두 낭자나 그것도 하루 지난 이 날 동시에 하다니
별로 놀랠 일이 없는 나는 이때는 다소 진심 놀랬네 더 놀랬네

"이강식 시인님께서 태어나신 유월의 첫 날을 진심으로 두 손 모아
축하드려요! 감미로운 저의 아름다운 선율로 생축의 노래를 들려드리고

싫어서 연락을 드려보았어요. ··· 이번 생 이강식 시인님께서 지니신 몸으로 태어나 세상의 아름다움을 경험하시는 그 자체가 영롱하게 빛나는 사랑입니다. 이번 생 멋진 존재자로 출현해주셔서 두 손 모아 감사드립니다. 닿은 인연에 두 손 모아 영광이에요, 생신을 축하드립니다! 두 손 모아 사랑합니다. ♥"

평생 남의 생일축하만 하다가 난데없이 이런 점 보는 뛰어난 명문장으로 평생 잊지 못할 뜻깊은 생축을 받다니 어떨떨하기까지 했네 이런 재미와 감동과 교훈만 주는 진짜 명문장이 다시 더 있을 수 있나? 그래서 나는 답문을 성심성의껏 1차 보냈는데 그것도 마음에 안 차서 2차로 다시 보냈네

"보현공주는 늘 놀라워요^^ 어떻게 내 생일을 기억하고 생축할 생각을 다 했죠? 신비한 텔레파시군요 보현공주의 생축을 받고 올해 가장 기뻐하는 나! 이강식^^"

근데 말로만 할게 아니라 구체적으로 물질이 오가야 했네 다시 문자 했네

"보현낭자^^ 휴대폰 바꿀 생각 없나요? 연락해주요 이강식^^"

"휴대폰 바꿀 생각이 없냐는 질문은 왜 하시는 거에요?"

"보현낭자^^ 휴대폰 뭘 쓰나요? 아이폰 14 나오면 최고사양으로 내가

바꿔주고 싶은데 적극 찬성하죠? 아이폰이 아니라 어른폰으로 바꿔주겠어요 이강식^^"

드뎌 답문이 왔네

"제가 어른폰 사용하고 싶어하는 꿈꾸는 마음을 어떻게 읽으신걸까요? 놀랍고 신기하고 신비로워요, … 이강식 시인님의 말씀에 적극 찬성할래요! (웃음) 최고사양으로 어른폰 프로맥스로 선물 주셔야 해요! (중략) 어른폰 14 프로맥스! 어른폰 두근두근 기대할게요 부풀은 꿈을 품으며! ㅎㅎ 아 너무 좋아요! ♡"

사실은 내가 너무 좋았지

"쏘현낭자^^ 바로 그거예요 어른폰 14 프로맥스 최고사양! 어른폰이 하반기에 나왔을 때 내가 잊고 갱 있으면 재빨리 내가 보낸 문자를 캡쳐해서 보내세용^^ 물론 성라는 잊지말고 ^^ 어른폰 성라금 지불 선약을 기뻐하며 이강식^^"

나는 완죤 기뻐하였네 이렇게 죽이 착착 잘 맞을 수가!

그리고 다른 낭자에게도 생축문자가 당장 도착해서 역시 진심 놀랐네

"ㅎㅎㅎㅎ님 이제 6월이 시작되면서 제대로 여름인데 항상 날 조심

하시고 시원하게 다니세요!! 어제 생신이셨는데 제가 챙기지 못해 너무 너무 죄송해요ㅠㅠㅠㅠ 늦었지만 생신축하드립니다~!!!"

그래서 나는 성심성의껏 답문을 1차로 보냈는데 그것도 마음에 안 차서 2차로 다시 보냈네

"금강공주는 늘 놀라워요^^ 어떻게 내 생일을 기억하고 생축할 생각을 다 했죠? 신비한 텔레파시군요 금강공주의 생축을 받고 올해 가장 기뻐하는 나! 이강식^^"

"다 기억하죠 ㅎㅎㅎ 다시 한번 더 생신축하드립니다~!!"

근데 역시 말로만 할게 아니라 구체적으로도 형평상으로도 물질이 오가야 했네 그래서 3차로 다시 문자 보냈네

"금강낭자^^ 바로 그거예요 어른폰 14 프로맥스 최고사양! 어른폰이 하반기에 나왔을 때 내가 잊고 갱 있으면 재빨리 내가 보낸 문자를 캡쳐해서 보내세용^^ 물론 성라는 잊지말고 ^^ 어른폰 성라금 지불 선약을 기뻐하며 이강식^^"

"어른폰은 가격대가 많이 높아요ㅠㅠㅠㅠ 어른폰은 가격이 너무 비싸서 마음만 감사하게 받겠습니다ㅠㅠㅠ!!"

그래서 나는 넘나 기뻐하고 답문을 보냈네

"ㅎㅎㅎㅎㅎㅎㅎㅎㅎ

그럼 나는 마음을 주었소^^

ㅋㅋㅋㅋㅋㅋㅋㅋㅋ

알소^^ 또 연락하공^^

어른폰 14 나오면 젤 좋은 걸로 해야징

글고 그 전이라도 해결해야할때 꼭 연락하공^^

이강식^^"

"넵 알겠습니다~ㅎㅎㅎ"

 착착 잘 돼가고 있었다 역쉬 한번 사양한다고 곧이곧대로 들을 나이대는 내가 벌써 지났지

 근데 9월에 어른폰 14 프로맥스 나온다는데 그때 2낭자는 어떻게 될지 2어른폰은 어떻게 될지 뭐 다 잘되겠지 기대하공! 투비컨티뉴어드!

 글구 이상하긴 뭔가 조금은 이상하네

 당은 내가 떨어졌는데 어른폰 최고사양은 왜 이 두 낭자가 타가지?

 물론 근데 상벌의 비례원칙에 너무 나가는 것 아냐?

 글나 이왕 할 판이면 어른폰을 해야지

 글고 당연 최고사양으로 해야지 2테라

 글고 마음을 잘 쓰면 행운이 따라야지

글고 당연 최고행운이 따라야지
잘 때린 문자 2통 스무 애인 안 부럽다!

나는 두 낭자에게 약속 대로 어른폰 14 프로맥스 2테라를 선물로
예약하여 주었네 20220923금 문자 1통에 어른폰 14 프로맥스 2테
라 최고사양을 생선으로 받으면 찐 괜찮지
최고의 텔레파시에 최고의 답례 선물!
등가의 원칙에 상당히 맞지!
아, 프로14 그 이상!
나는 기뻤네
내 인생 최고의 생선!
좋은 일에 내돈내쓰니 기쁘지
나는 이날 비로소 아득한 날부터의 이 두 낭자와의 알 수 없는 숙
세의 업연이 한량없이 깊음을 느꼈네

그리고 그후 흔쾌히 카드를 긁어주면서 나는 드뎌 훌륭한 미션을
주었네
새 폰을 받으면 사진1장, 문자1통, 멜1통 보내시오
그리고 벌써 생각했네
내년에는 생축문자가 오면 뭘 선물하지? 더 엎그렌할게 뭐 있지?
현금? 그렇지 머니머니해도 머니지?
아니면 아직 어른폰 14 프로맥스 2테라의 약효가 있으니 내년에는
현금 보다 더 좋은 말로 하나? 건데 아무리 어른폰 14 프로맥스 2테
라라 해도 내년까지 약효가 있겠나?

그러면 생각할 것까지 없고 내년에는 내년의 생축문자가 오면 희망사항을 접수해서 봐야징

그러면 안오면 쓸쩍 넘어 가나?^^

올이 비로소 생애 가장 즐건 생일이 있는 한해였네^^

근데 바로 담 해 2023년에는 며칠 전부터 은근쓸쩍 생축을 기다리고 답례로 뭘 선물할까? 하고 2박3일도 넘게 고심도 하였네 근데 너무 조용했네 태풍전야인가? 나는 너무 조용해서 뭔가 스프라이즈까지 있나? 하루, 그리고 그 담 날까지 기다렸네

밀당의 고수야?

그러나 영웅은 실망하지 않는다

즐건 생일이네! 20230603금

시-통도사무풍한송로에서당떨어졌던시인과두낭자20220923금이ㅎ식

하심
下 心

이강식(시인)

우연히 길을 스쳐지나가다 하심사라는 절이 있다는 것을 알았네
下 心 寺
많은 절이름이 있어도 하심사라는 절이름은 첨 보았기 때문에
下 心 寺
유심히 마음에 담았으니 내게는 유심사였네
有心   有心 寺
그러나 쉽게 찾을 수는 없었네

어린이날 하루 전날 겨우 멀리 절이 있는 방향 정도만 알았네

그리고 어린이날 일어나니 차가운 봄비가 억수로 내렸네

그리고 어린이날인데 아침부터 축하를 받았네20230505금11:33

살다살다 어린이날 축하받기는 내 평생 첨이네

그러나 엄청 비가 와도 어제 첨 맘 먹은대로

하심사로 찾아가기로 했네

차가운 비바람은 세차게 부는데 흠박 비맞으며 혼자 초행길을 찾아
나섰네

도고면 마성이고 마성이면 도고라
道高   魔盛   魔盛   道高

푸른산 높고 하늘 구름 낮게 깔리고

인적없는 산속에 차가운 비는 깨끗하게 내리고 바람 엄청 부는데

소나무 흔들리고 멀리서 학이 우는 선경속에

길을 잘못들어 인적 끊긴 어둔 산길을

한참 잘못 들어가기도 했으나 도로 나와 마침내 밝게
절이 보이니 길은 끝나네

주지스님을 만나 합장하고 대웅전 섬돌 앞에 선 채로 나는 물었네

"절이름이 무엇입니까?"
"하심사입니다."
"하심사가 무슨 뜻입니까?"
"자기를 낮춘다는 뜻입니다."
"마음이 없다는데 무엇을 내려놓습니까?"
"여러가지로 생각해보아야하지요. 마음을 이리저리 뜯으며 괴로워
하지 않습니까?"

나는 가볍게 합장하고 진신사리를 친견하러 법당으로 갔네

나는 주지스님이 상근기이니 선불교로 물었는데
주지스님은 내가 하근기라고 생활불교로 답했네

그러나 깨달은 뒤에 보면 선불교가 생활불교고
생활불교가 선불교네
이제 깨달아야 하는데 어디서 깨닫겠는가?

진신사리를 친견하고 또 물었네

절터가 참 좋습니다 혹 현몽을 하셨나요?
10년을 찾으러 다니다가 이곳을 찾았죠
공을 많이 들였군요
원래는 가정집이었는데 비워져있는 것을 2년 전에 사서 절을 지었죠

나는 합장을 하고 가다가 다시 돌아서서 물었네

사리탑불사를 합니까?
지금 모연하고 있습니다
그러면 다시 오겠습니다

길이 끝난 곳에서 나는 스스로 또 묻네

내려놓는다는데 무엇을 내려놓는가?
깨달음 마저 내려놓아야 하네
그 답은 언제 찾겠는가?

어디가 성이고
        聖
어디가 속인가?
        俗

말하라!

말하라!

어른폰을 쓰면 어른이 되고
별셋폰을 쓰면 별셋이 되네

차가운 봄비는 하산하여 자욱히 사바로 내려가고
따뜻한 봄구름은 하심하여 푸른 산 위로 올라가네

시-**하심**20230505금이ㅎ식

어린이날

이강식(시인)

어린이날인데 아침부터 축하를 받았네20230505금11:33
살다살다 어린이날 축하받기는 내 평생 첨이네

산고개 넘어 강을 건너
사막을 가로 지르며
바다를 만나게 된 당신,

그동안
혼자서 정말,
고생 많았어요.

정말루.

잘 이겨내주고 견뎌주고 힘내어준
이강식어린이!

잘 살아와줘서 고마워요!

참 잘 했어요! 쾅쾅쾅! ♥♥♥
어린이 ♥ LOVE

       - 백의 묘현

과찬에 어린이처럼 어쩔줄 모르네

애기야 가자!
울긋불긋 꽃대궐 차리인 동네 그속에서 놀던 때가 그립습니다
꽃동네 새동네 우리 옛고향 그속에서 놀던 때가 그립습니다
애기야 가자! 우리 꽃대궐!

사람 사는 대로 살면 어린이라고 한다네
그게 잘 산 것이지
천진난만해지면
비로소 어린이날 축하를 받는 것이지
하루종일 비는 엄청 왔지만
아직 더 살아야지
어린이날 축하를 받기 위해서라도

근데 이제야 어린이가 되었으니
내가 살아오면서 받은 찬사중에서
최고의 찬사의 하나네

그러나 찬사가 높으면 높은만큼
어려움도
끝이 없으니 그걸 다 감안하고
더 노력해야지
적은 항상 니 안에 있는데 보이지 않아!
보이지 않는 적이 진짜 적이지
끝이 좋아야 좋은 것이지!
정신 바짝 더 차려야한다!

어린이는 아주 감사하오
이제야 제대로 길을 들었소
매일매일이 어린이날이네

어린이처럼 살면 어린이가 되고
사람처럼 살면 어린이라 한다네
365일 다시 어린이날은 없네

시-**어린이날**20230505금이ㅎ식

성과급

이강식(시인)

내가 무슨 성과를 내야
그대가 성과급을 주나요?

말하라!

말하라!

남쪽 창에 빗소리 젖어드니
북쪽 창에 봄기운 피어나네

시-**성과급**20200902수이ㄱ식

三笑(3소)

이강식(시인)

통도사 가는 길에 "아메리카노 4,700원 → take out →2,000원"이라는 찻집 입간판을 보았다

그래서 1잔 시키고 기다리면서 입간판을 다시 찬찬히 보니
"사장님이 미쳤다~!!"
라고 세로로 거꾸로 써있었다

그래서 커피를 즐겁게 내리고 있는 젊은 여주인과 젊은 여직원을 보니 말짱 하였다 그래서 나는 말했다.
"사장이 멀쩡한데 왜 이래 낳어?"
그러나 두 사람은 내 말을 이해하지 못 했다
그래서 나는 다시 말했다
"사장이 멀쩡한데 왜 이래 낳어?"
그러자 젊고 아리땁고 어린 여주인이 무슨 말인지 이해하고
"헤-"
하고 웃었다
그래서 나는 다시
"사장이 멀쩡한데 왜 이래 낳어?"
라고 하였다
그러자 젊고 아리땁고 어린 여직원이 이제 무슨 말인지 이해하고
"헤- 헤-"

하고 웃었다.
그래서 나도 웃었다.
누가 웃은 것인가?

말하라!

말하라!

하늘도 웃고 天笑
땅도 웃고 地笑
사람도 웃고 人笑
三笑(3소)

시-三笑(3소)이ㅎ식

鶴林(학림)

이강식(시인)

 통도사에서 보살산림계가 열렸다 이날 나는 견학하고자 아침 일찍 무풍한송로를 걸어올라 가는데 학이 한 마리 날라와 태화천에 앉아 한참 있더니 내가 걸어서 가까이 가자 다시 계가 열리는 설법전 앞 뜰로 길게 날라갔다 보살계에 가보니 신도들이 빽빽이 모여있고 금란가사를 입은 스님들이 열심히 설법을 하고 있었다 나는 계첩을 싼 보자기가 윤이 반짝반짝 나는 것이 좋아보여서 신도를 안내하고 있는 보살에게 보자기만 한 장 구할 수 있느냐? 고 물었다 그러자 보살이 수많은 사람이 오가는 뜰 가운데서 서서 크게 소리 내어 웃었다 그래서 나도 웃었다

누가 웃은 것인가?

말하라

말하라

통도사에 날라온 한마리 흰 학의 심원한 뜻은
언제나 눈부시도록 새하얗게 맑고 밝네

시-鶴林(학림)2021041812:16일2021062501:25금입력이강식

황금연꽃의 신비
The Misteries of Golden Lotus Flowers

이강식(시인)

내 생신날이 되어서 몇 일 전부터 어떤 기념사업을 할까? 생각하다가 역시 꼭 "이렇게 해야 한다." 고 가장 의의깊게 생각한 것이 통도사 금강계단 적멸보궁 진신사리 앞에 가서 축원을 하고 대담을 하는 것이었다 그날은 토욜 10일이었으므로 즐겁게 갔다 오면 될 일이었다 주말에 비가 억수로 온다고 뻥친 것을 익히 들어서 밤부터 염려는 아주 되었고 안쪽 창문을 조금 열어 놓고 자기까지 하였다 비가 오면 금강계단을 폐쇄하기 때문에 적멸보궁 안으로 들어가 참배하기는 어렵기 때문이다 그러나 나는 오늘은 개의치 않고 비가 오면 대웅전에서 참배하기로 하고 출발하기로 마음먹었는데 다행히 비는 안오고 날씨는 아주 화창하여서 기쁘게 출발하였다 근데 가다가 신복환승센터 못미쳐서 사진 찍는다고 다소의 시간을 허비하였다

이윽고 통도사에 도착하여 성보박물관을 지나가니 여류화백의 연꽃그림전시회가 있었다 나는 나중에 나올 때 반드시 둘러봐야겠다고 마음먹고 먼저 금강계단 적멸보궁으로 들어가 참배를 하고 축원을 하고 대담도 하고 나왔는데 또 절 사진을 찍고 서점에 가서 책을 구입한다고 택배 땜에 대부분 시간을 보내고 나오게 되었다 1723번을 타고 다시 신복로타리에 도착하니 시간도 상당히 되었다

그런데 택시를 타고 가면서 가만히 생각을 해보니 여화백의 연꽃그림전시회를 안 간 것이었다 그런데 다음날 일욜 11일까지 전시회

를 한다는 것이 기이하게 얼핏 생각이 났다 근데 다음날은 정토사에 서 백중기도 초재가 있는 날이었다 어떻게 할까? 라고 생각하다가 우선 백중기도부터 가야할 일이었다

다음날 일찍 나가 택시를 타고 정토사에 가서 백중기도에 참여를 하였다 그런데 기도에 참여하기 전에 정토사 종무소 앞에 있는 중고 서적 아나바다 서가를 보니 두터운 정선 디가 니까야 번역서가 보였 다 퍼뜩 나의 명품 검은비닐봉다리 패션가방에 책을 챙기고 설법전 으로 가서 기도에 참여했는데 근데 기도 중에 다시 생각하니 시간상 으로 백중기도를 마치고 절 앞에서 413번을 타고 신복환승센터로 가서 통도사로 가면 시간이 충분할 것 같았다

근데 독경을 잘하는 총무스님이 끝나고 헌다하고 곧바로 가지 말 고 대중이 다 끝나도록 기다려서 같이 가도록 하라고 해서 다 헌다 할 때까지 한참을 기다렸다 그러나 마냥 기다릴 수만은 없어서 끝나 기 조금 전에 헌주를 하고 나왔다 그리고 화장실을 갔다가 절 앞에 서 버스를 한참 기다려 타고 신복환승센터로 갔는데 거기서도 기점 에서 출발하는 버스를 한참을 기다려서 타고 통도사 신평정류장에 도착하였다 근처 사하촌에서 1000CC 커피 한 잔을 사서 통도사로 갔다

이번에는 성보박물관을 바로 갔는데 거기서도 자원봉사보살들이 제1전시실부터 보라고 친절히 안내를 하여 제1전시실부터 충실히 다 둘러보고 마침내 이틀이나 기다렸던 소망의 전시회에 입장을 하 였다

그런데 연꽃그림을 보니 뜻밖에 금분으로 그린 연꽃그림들이 많이 있어서 마음에 충분히 들었다 그래서 다시 보니 내가 입장을 할 때

바로 그때 어떤 보살이 금빛연꽃그림을 한 점을 마악 사갔고 이미 팔린 그림을 보니 다 괜찮은 그림들이었다

그래서 나는 여화백에게 "다들 보는 눈은 있는지, 벌써 팔린 게 많군요. 그러면 화백이 마음에 드는 금빛연꽃그림을 한 점 추천해주세요." 라고 하였다

그러자 여화백이 "자기가 그린 그림은 다 마음에 들지요." 라고하며 당연히 사양하려고 하였다

그래서 나는 "그거는 다 아는 얘기고 작가가 마음에 드는 그림 한 점을 추천해 주세요." 라며 은근히 다시 재촉을 하였다

그러자 여작가가 한 점을 추천해주었는데 과연 그림이 좋았다 그러나 그 기세가 좋은 금빛연꽃그림은 나로서는 아쉽게도 금빛연꽃봉오리그림이었다

그래서 나는 다시 "그림은 좋은데 보는 나로서는 활짝 핀 금빛연꽃그림이 좋겠군요. 금빛연꽃봉오리가 활짝 필 때까지 언제까지 기다리나요?" 라고 하였다

그러자 여작가가 말없이 다시 한 점을 추천해 주었는데 역시 그림이 좋았다

그러나 내가 그렇게 까다로운 사람은 아닌데 이번에는 피어 있는 금빛연꽃이 상하로 두 송이가 필세가 좋게 그려져 있는데 아쉽게도 크기가 거의 같았다

그래서 나는 "좋긴 좋군요." 라고만 하고 그 옆에 있는 활짝 피어있는 금빛연꽃그림을 선택하여 예약을 하였다

여화백에게 "왜 금분으로 그림을 그렸냐요?" 고 물으니 "영원히 변하지 않아서입니다." 라고 하였다.

돌아오는 길은 제법 벌써 깊은 밤이 되려하는데 신복환승센터에
내려서 택시 타려고 가는 길에 갑자기 소낙비가 우르릉꽝꽝 천둥번
개까지 치면서 후두둑후두둑 무섭게 내려서 비를 홈빡 다 맞고 또
소낙비속에 한참을 기다려서 가까스로 택시를 타고 집으로 왔다

무거운 책을 주황색 비닐봉다리에 담고 반나절이상이나 들고 다닌
나는 힘도 들었지만 책을 통해 통도사 일주문 근처 통도천변에 서서
어떤 아름답고 현묘한 여성과 대화를 나누는 인연이 생겼다 인연은
인연을 낳는다 어떤 인연일지? 어떻게 보면 2일동안 내 생신선물을
내가 장만하였다

나는 묻는다

저 두 금빛연꽃봉오리는
언제 활짝 피겠는가?

말하라

말하라

저 두 금빛연꽃봉우리는
언제 개화하여 각자 화려한 장엄을 각자 보이겠는가?

말하라

말하라

천둥번개와 소낙비는 신복로타리의 저녁밤을 먼지 나도록 흠뻑 적
시는데
태화강국가정원 수월관음의 어제오늘은 참으로 크게 화평하네

시-**황금연꽃의신비**20210710토-11일20210712월15:28입력이강식

불사리

이강식(시인)

대웅전이 불 타니 부처도 불 타는데
불사리는 누가 간직해 갔느냐?

말하라

말하라

불사리 연꽃봉우리 돌탑에서 연꽃이 활짝 피니
우주도 한번 불 타네

시-불사리20210331수이궁식(명조)

우주화택

이강식(시인)

우주가 한번 불타고 진신사리를 간수했을 때
진신사리탑은 어디에 세우겠는가?

말하라

말하라

진신사리탑은 코끼리 잔등위에 세우고
코끼리는 거북 등위에 세우니
3천대천세계에 비로소 꽃비가 가득하다

인도가 영국식민지 시절 힌두교인이 말했다
"세계는 코끼리의 등에 얹혀 있는데, 코끼리는 거북이의 등에 얹혀 있소."
영국인이 물었다
"거북이는 어떻게 되었소?"
인도인이 말했다
"화제를 바꾸시죠."
이 이야기는 버틀랜드 러셀(Bertrand Arthur William Russell, 3rd Earl

Russell 1872~1970) 경이 『나는 왜 크리스챤이 아닌가?』에서 전한 얘기이다

훌륭한 삶이란 사랑으로 영감을 얻고, 지식으로 길잡이를 삼는 삶이다.

The good life is one inspired love and guided by knowledge.

  – 버트랜드 럿셀

누구에게는 삶이 아름답지만 누구에게는 곧 불타는 우주 宇宙火宅(우주화택)이다

시-우주화택20210331수이공식(중고딕)

그러면 세상은 아무 걱정할 일이 없습니다

이강식(시인)

한 해는 학교에서 대학생을 인솔하고
터키, 즉 튀르키예 문화탐방을 하였네
차를 타고 산야를 한없이 가는데
이국의 넓고 푸른 들은 개간이 잘 되어 아주 보기 좋았네
어떤 연구자는 새마을사업의 원조라고 하지 않았나?
나는 터키가 사회주의를 하지 않았나요? 라고 관계자에게 물었네
그러나 그녀는 그런 적 없다고 한마디로 딱 잡아 떼었네
근데 저 멀리 산을 보니
"완스 바탄Once Batan"이라고 희게 쓴 간판을 크게 세워두었네
그래서 "한번 바탄"이 몬 뜻인가? 라고 관계자에 물어보니
"완스 바탄"이 아니고 "왼제 바탕Önce Batan" 인데
"국민 먼지" 라는 뜻이라고 하였네
나는 즉시 놀라서 손뼉을 치며 기쁘게 외쳤네

"터키는 아무 걱정할 일이 없습니다.
 '국민 먼지' 라는데 무슨 걱정할 일이 있습니까?
 터키 국민은 아무 걱정할 일이 없습니다."

그러자 주위 사람이 그저 즐겁게 웃었네

 그러나 내가 돌아온 후 바로 그달 말 5월 30일부터 당장 튀르키예에서 큰 데모가 일어나
 전 세계적으로도 국제뉴스를 도배하며 난리도 그런 난리가 없었네
 그때 나는 곧바로 터키답사 때 알게 된 지인에게 연락을 하였네
"잘 지내나요? 괜찮나요?"
"예,,, 뭐,,, 괜찮습니다."
"건강 조심하시고,,, 본국 오면,,, 꼭 연락하세요. 경주에 아주 맛있는 영양숯불갈비 사줄께요."
"아, 예! 예!,,, 예,,,"

 그후 다시 상당한 시간이 지났고 나는 1723번 좌석버스를 타고 문화탐방을 하였네
 그때 창밖으로 현수막게시판 상단에서 다음과 같은 구호를 보았네

 "사람이 희망인 울주"
 "평등하고 공정한 정의로운 울주"

 그래서 나는 卽刻歡喜! 또 다시 손뼉을 치며 기뻐하였네
             즉각   환희

 "사람이 희망이고 평등하고 공정하고 정의롭다는데 울주는 무슨 걱정있 겠어? 아무 걱정 없겠어!"

 나는 진심으로 기뻐하고 울주로 이사 올 생각까지 하였네
 이윽고 차에서 내리자 다음과 같은 구호를 보았네

"소통과 공정 다시 뛰는 양산"

그래서 나는 다시歡喜! 손뼉치며 기뻐하였네!
　　　　　　환희

"소통하고 공정하고 다시 뛴다는데 양산은 무슨 걱정 있겠어? 세상 걱정 없겠어!"

나는 늘 기뻐하였네!
범사에 감사하라!
범사에 기도하라!
그러면 세상은 아무 걱정할 일이 없습니다

그러나 바로 이때 양산은 엄청난 소음으로 이제 진짜 본격적인 소통이 일어나고 있었네
언제 이 사람과 희망, 평등과 정의, 소통과 공정은 다시 뛰어 마지막처럼 완성되려나?
자본주의가 정이요 공산주의가 반이면 경영주의는 합인데 무슨 걱정할 일이 있겠는가?
그토록 정반합이라며? 무슨 문제가 있나?
그러면 세상은 만개 걱정할 일이 없네

天下無一事!
천 하 무 일 사

모든 이해관계자들이 발산도 하고 수렴도 하겠지만

萬往萬來 천부경

하루바삐 안정을 찾기를 바라는 마음뿐이네

人中天地1!

사람 가운데 하늘과 땅이 있는 것이 1이다! 천부경

一切唯心造! 부다 화엄경

우주만물1체는 오직 마음이 창조한 것이다! 이긍식 역

初說有空人盡執! 통도사 금강계단 제1주련

태초에 空이 있었다고 설법하니 모든 사람들이 집착을 버렸네! 이긍식 제1역

태초는 有와 空이라고 설법하니 중생은 모든 집착을 다했네! 이긍식 제2역

처음에 유와 공을 설법하니 사람들이 모든 집착을 끊었고, 이긍식 제3역

太初有空!

태초에 공이 있었다 有! 이긍식

有空合在!

태초에 有空이 合해서 있느니라! 在! 이긍식

有無同始同時同是
유무가 같이 시작하여 동시에 이 같음이느니라! 同! 이긍식

다시 돌아오는 차에서 새 구호를 보았네

"내 삶에 스며드는 행복 울주"

나는 모든 사람들이 양념없는 양념세상에서 언제나 행복으로 즐거
워하고 기쁘게 삶을 누리기를 진심으로 바라네

初發心是便正覺! 의상대사

왜 이 말을 핑계삼아 늘 초발심을 당연시 하는가? 그래가 언제 깨닫나?
초발심을 넘어가라!
초발심은 초발심일 뿐이고 아주 좋기는 하지만 둘러대지 말고 넘어
가도 완전히 넘어가라!
처음처럼 하지말고 마지막처럼 하라!

나는 묻는다

태초가 공이라면 세상은 어디에 있나?

말하라!

말하라!

桓因天帝께서는 弘益人間하라 하시네
환인 천제 홍익인간

天下大理! 이맥 환단고기
천하 대리
천하는 크게 올바르게 되었다! 이긍식 역

有無合在!
유 무 합 재
있음과 없음은 합해 있느니라! 合! 이긍식
합

시-그러면세상은아무걱정할일이없습니다20220718화이긍식

세상의 중심에서 변방을 외치다
변방 시동인 40주년을 축하하며 – 1981년에서 2021년까지 –

이강식(시인)

이 시는 변방 시동인회가 40년간 발간한 36권의 시집이름으로 2편
의 축하시를 지은 것이다 나는 변방 시동인회가 아닌데 어느날 밤
울산 중구 성남동 버스정류장에서 시내버스를 기다리다가 어떤 분이
들고 있는 책자가 꼭 시집같아서 달래서 구해보니 변방 40주년 시집
이어서 기연을 뜻 깊게 생각하고 이 2편의 시를 지었다20211219일
**40년간 한결같이 변방의 망루를 지키는 시대의 빛이었는데
바로 시대의 중심이었다!**

제1시

변방(1)/ 이 땅에 살며/ 길에서 말붙이기
빛나는 모습끼리/ 깨어있는 날들을 위하여
실업은 힘이 세다/ 시가 밥이 되는 날/ 목숨의 단층
바다, 머나먼 추억의 집/ 한때 내가 잡은 고래
얼룩으로 만든 집/ 얼룩무늬 손톱
변방(2)/ 세기말을 건너는 노래/ 버려진 음률
대숲을 걸어 보면 안다/ 박제된 초록
머언 소식처럼 낙엽 하나가/ 잘가라 나뭇잎
겨울 동백꽃/ 얼음 속 타는 불꽃/ 나무의 몸

목련을 읽다/ 꽃잎 편지/ 풀잎의 눈
변방(3)/ 나는 아직도 만년필로 편지를 쓴다
귀뚜라미 편에 이메일을 띄운다/ 왜 고양이는 눈물이 없는가
변방(6)/ 빈 그물로 오는 강/ 구름의 등고선 / 익숙한 햇볕
매듭을 푼 소리/ 말의 질주는 푸르다/ 변방(8)

제2시

변방(1982, 1) / 변방(1983, 2) / 변방(1985, 3) / 깨어있는 날들을
위하여(4) / 이 땅에 살며(5) / 변방(1990, 6) / 시가 밥이 되는 날
(7) / 변방(1992, 8) / 빛나는 모습끼리(9) / 바다, 머나먼 추억의
집(10) / 한때 내가 잡은 고래(11) / 대숲을 걸어 보면 안다(12)
/ 세기말을 건너는 노래(13) / 잘가라 나뭇잎(14) / 겨울 동백꽃
(15) / 꽃잎 편지(16) / 나는 아직도 만년필로 편지를 쓴다(17) /
얼음 속 타는 불꽃(18) / 풀잎의 눈(19) / 失巢은 힘이 쎄다(20)
/ 귀뚜라미 편에 이메일을 띄운다(21) / 목련을 읽다(22) /길에서
말붙이기(23) / 왜 고양이는 눈물이 없는가(24) / 구름의 등고선
(25) / 머언 소식처럼 낙엽 하나가(26) / 말의 질주는 푸르다(27)
/ 얼룩으로 만든 집(28) / 목숨의 단층(29) / 나무의 몸(30) / 익
숙한 햇볕(31) / 빈 그물로 오는 강(32) / 버려진 음률(33) / 얼룩
무늬 손톱(34) / 박제된 초록(35) / 매듭을 푼 소리(36)

시-세상의중심에서변방을외치다20211219일이공식(고딕)

당선소감
– 문예소년에서 신인문학상 수상자까지 –

이강식(시인)

 원고지를 처음 본 것은 국민학교 2학년 때였네 다음 날 수업시간 표를 보니 작문 과목이 있었네 그래서 주위에 물어보니 작문이 글 짓기라는 것이었네 그래서 준비물로 무엇이 필요하냐고 물어보니 원고지가 필요하다고 하였네 나는 문방구에 가서 2원에 모조지 원고지 2장을 사서 소중하게 간직하고 다음 날 학교로 갔네 당시 시험지 원고지는 1월에 2장이었네 그리고 갱지도 있었지만 원고 지용으로는 사용하지 않았네

 그때 난생 처음 본 원고지는 눈부시도록 새하얀 흰 종이에 빨간 색으로 네모칸을 연쇄적으로 인쇄한 아주 인상적인 모습이었네 물론 처음에는 그게 무엇인지, 어떻게 사용되는 지를 전혀 몰랐네 그런데 그때 처음 본 원고지가 내 평생의 반려가 되었네

 국민학교 3학년 때 종례시간에 담임선생님이 나를 혼자 반에서 직접 지명하여 백일장에 나갈 대표로 선발했으니 종례 후에 문예 부로 가보라고 하였네 그때는 백일장이 뭔지, 문예부가 뭔지도 몰 랐네 물론 전혀 아무 사전정보도 없이 글고 아무 사전의향타진 등 도 없었는데 뜻밖에 왜 나를 선발했는지 그 이유는 아직까지도 모 르네 이제는 알 수도 없네

 문예부로 가보니 산문반과 운문반이 있었는데, 산문반과 운문반 도 처음 무슨 말인지 몰랐는데, 산문반은 단편소설반이고 운문반

은 시반이었고 나는 산문반에 들어 백일장에 참가하였네 그후 문소가 되어 고등학교 졸업시까지 거의 매년 참가하였네 그리고 특히 고2때는 단편소설 「강둑」을 교지에 발표도 하였네 이 소설은 반응이 매우 좋았네 그런데 혼자 써서 발표한 시 소설 등은 호응이 상당히 좋았으나 그러나 이상하게도 백일장을 나가서는 전적은 그렇게 좋지 않았네

 대학을 들어가면서 내가 평생 하고 싶어했던 경영학을 전공했는데 문청으로 소설과 시는 계속 썼지만 등단은 별로 생각하지 않았네 대학원석사과정 때도 시를 써서 학보에 발표를 하였고 교수가 되어서도 시는 계속 써서 학보에 발표를 했는데 한번은 학내 문예창작학과 문학평론가 교수가 여러 교수 앞에서 기성 시인보다 시를 더 잘 쓴다고 흥분까지해서 하는 평도 들었네

 특히 1996년부터는 퇴직하는 마지막 학기인 2018년까지 22년을 동안 매과목 종강시간에 종강시 시낭송을 빠지지 않고 했는데 학생들도 다함께 좋아하였고 문학과의 인연은 즐겁게 지속되었네 그러나 이는 모두 내 자신의 인문학적 감성과 인격을 도야하기 위한 것일 뿐이었네

 대학에서 햇수로 36년간의 대여정을 마치고 퇴직후 나는 소설이나 시를 계속 쓸 생각으로 나름 내심 기대를 하고 있었네 그러나 동기부여가 되는 것이 어려웠네 역시 자극이 있어야 할 것 같았네 以文會友(이문회우)가 아니겠는가? 그래서 생각 끝에 대형서점에 가서 훌륭한 시전문지를 적극 찾아보니 등단을 하는 좋은 기회가 있어서 투고를 하고 이렇게 신인문학상까지 수상하는 큰 기쁨을 갖게 되었네

 문예소년에서 문학청년을 거쳐 신인문학상 수상자까지 햇수로 57년의 긴 세월이 걸렸지만 소중한 인연을 간직하여 온 이 문학여정은 계속되어 본업의 하나를 뜻깊게 이어가게 되었네

 내가 쓰고픈 시는 '설명이 필요없는 시'이네 시 스스로가 살아있어 어떤 시도 읽으면서 곧바로 이해가 되고 동감이 되고 공감이 되고 감동이 되고 감격이 되는 시를 쓰는 것이 소망이네 그러나 해답과 이익은 나도 그렇지만 독자 각자가 스스로 찾아야 하네 물론 나의 길은 내가 간다!

 내 시의 목적은 인생의 감성과 철리, 미래 인간행동의 향방과 희망을 분명하게 제시하는 것이네

 문예가 꿈꾸는 이상세계를 향하여!

 문학이 꿈꾸는 서정서사주지세계를 위하여!

 인간이 꿈꾸는 사랑세상을 위하여!

 시인이 꿈꾸는 진실세상을 위하여!

 시가 향하는 구극의 진리를 위하여!

 무엇보다 향상1로를 가기만을 바랄뿐이네

시-**당선소감**20210502일이궁식(함초롬바탕)

사랑$_1$만이

이강식(시인)

말해라

사랑$_2$했다고

말해라

사랑$_3$하지 않는다고

그 어느 경우나 달라 질 것은 없어

꽃처럼 사랑$_4$했다면

꽃같은 사랑$_5$이라면

말할 필요가 없어

꽃닢처럼 예쁜 사랑$_6$했다면

정겨운 슬픔같은 사랑$_7$이라면

결국 다 알게 될거야

하늘만큼 땅만큼

사랑$_8$했다는 것만이

사랑$_9$을

사랑$_{10}$한다는 것만이

사랑$_{11}$인 것을

사랑$_{12}$만이 사랑$_{13}$인 것을

20230413목,
경주불국공원 진벚꽃동산에서

시-**사랑**$_1$**만이**20221116수이ㄱ식

제 Ⅱ 부
1일법문

- 원효 스님이 아미타여래의 화신이라는 변증 -

1일법문
- 원효 스님이 아미타여래의 화신이라는 변증 -

이강식(시인)

1
백의 묘현
태풍이 불어도 오로지 울도요^^
울도라는 섬도 있다지만 여기는 울산도서관인데
바로 태풍 카눈이 지나 간 직후인데도 생각보다 사람이 많군요
울산이 참 지성인의 도시오
울도도 참 현대적으로 잘 지었소
태풍에 별 피해 없었소?
태풍도 미인은 피해가시는가 보오
아침에 나오다가 아침에는 한번도 안 간 단골 편의점을 가니
그때까지도 그 점포는 정전이어서 덩치 큰 주인이 아주 울상을 하고
불 꺼져 어두컴컴한 매장에서 어쩔 줄을 모르고 있었소
그래서 내가 집게 손가락으로 오른쪽 머리를 툭툭 치면서
"머리를 쓰시오, 머리를."
라고 하니 그 순간 곧바로 거짓말처럼 전기가 들어와
나도 놀라고 주인도 매우 놀랐소^^
태풍이 불어도 즐건 하루^^
20230810목

2

백의 묘현

편의점에서 전기가 들어와 갑자기 불이 밝혀지고

냉장고가 돌아가니 사실 나도 놀라고 주인은 당사자이니까 더 놀랬죠^^

한나 아렌트, 노암 촘스키도 벌써 뗐고

능엄경, 유식학, 대승기신론까지 섭렵하고 있다니

이거 내가 도사 앞에 너무 요령 흔드는 것 같아요

너그럽게 이해해 주오

내가 내 학문을 바탕으로 방금 말한

한나 아렌트 등의 저서를 보니 매우 놀라운 책인데 너무 왜곡되어

있군요

조금 과장해서 표현하면 완전 지록위마요

어떻게 학술의 장과 인간세계에서 이런 일이 있을 수 있나요?

그것도 세계적으루다가!

그래서 한나 아렌트의 신이 나를 불렀나? 하는 생각마저 들었죠

작년에 한글창제에서 불교가 큰 영향을 주었다는 대형학술발표대회를

큰절에서 했죠

그래서 나도 큰 관심을 가지고 하루종일 자리도 안뜨고 참석해서 귀를

쫑긋하고 들었죠

학술대회는 시사성도 있고 준비도 아주 많이 했는데 학문적 의욕이

너무 앞서 있었죠 범어가 한글창제에 영향을 주었다고 주장만 했으나

아무런 증거를 제시하지 못했고 무엇보다 범어 자체가 불교하고는

별 상관이 없죠

"범어가 불교하고 무슨 상관 있나요?"
그러나 앞으로 이런 노력은 주요하고 앞으로 더 큰 성과가 있기만을
바라죠
학문의 영역으로 왔으면 학문의 성찰이 필요하오
땅설법이라는 행사도 있었으나 아무 근거가 없고 무엇보다 불교
하고는 아무 상관이 없더군요
그래서 부처님이 나를 불렀나요?
즐건하루^^
20230811금

3
백의 묘현
마음공부가 최고요
마음공부를 하면서 안 속으려면 많이 알아야 하오
지해종사도 필요하오
내가 이번 생애에 바라는 바이오
근데 이렇게 어렵소
성철 스님은 대단한 선승이오
물론 성철 스님에게 모든 것을 바랄 수는 없소
철 스님은 철 스님의 길을 갔고
혜암 경봉 숭산 스님도 다 대단한 선승이고 그 각자의 길을 갔소
그 채워지지 않은 부분이 있다면
그 문제들을 모든 구도자가 겸허하게 받아들이고
도를 수도하면 좋을 것이오

우리 모두는 도와 돈을 구하고 있소
물론 도와 돈 중에 한가지만 구하는 사람도 있소
그러나 도를 구하면 돈은 자연히 들어올 것이오
걱정할 것은 없소
즐건하루^^
20230811금

4
백의 묘현
울도 가는 길^^
우연히 발견한 편의점에서
우연히 발견한 내가 좋아하는 통유리창 너머의 고즈녁한
시내풍광이에요^^
즐건하루^^
20230812토

5
백의 묘현
1일법문은 되겠소^^
법문은 원래 깨달은 사람만이 할 수 있는데
나는 학문적으로 설명하는 것이고
내가 1일법문이라고 하는 것은 방편상 그런 것이니
시적 표현으로 봐주시기를 바라죠
성철 스님과 선불교 얘기요

성철 스님이 선불교를 부흥시켜 내가 볼 때는 한국의 보리 달마 대사요
백일법문, 선문정로, 본지풍광, 신심명·증도가 강설, 돈황본 6조단경
번역 등 세계선학사에 길이 남을 명저를 남겼죠
그리고 많은 선서 번역을 하도록 힘을 쓴 것은 한국선불교 뿐만이
아니라 지성사와 종교사에 위대한 업적을 남긴 것이죠
철 스님은 선법문으로 지도를 했죠
화두와 선어록을 남기지는 못했지만 그 역시 이제 후학이 할 일이죠
반야심경 금강경 화엄경에 대해서도 아무런 선적 해설을 남기지 못했죠
내가 다 아쉬워하죠

이에 비해 교종에 대해서는 우리나라에서 선교양종을 모두 통달
했다고 했죠
교종에 대해서 무엇을 했나요?
반야심경 금강경 화엄경 등 대승경전을 읽고 설명하는 정도로 교를
통달했다고 보나요?
그러나 비워라고 해서 비웠는데 뭘로 채우죠?
아예 채울 필요가 없나요?
이것이 부처와 다른 점이예요
여기서 우리가 노력할 분야가 있는 거예요^^
감사^^
즐건하루^^
20230812토

6

백의 묘현

큰절 오는 날이예요

묘현이 일깨워주는 덕분에 잘 왔어요

비판을 할 때 해도 법으로 해야하오

선가에선 돈오돈수를 제창하였죠?

선에서는 맞는 말씀이에요

근데 화엄경에 보면 10지보살이 있단 말예요

이건 선불교의 소의경전인 화엄경에 딱 나와있고

스님들도 늘상 강의를 한단 말예요

철 스님도 법문을 했죠

그럼 내가 볼 땐 이 10지보살이 경전에 나와있는 점오 아닌냔 말예요

돈오면 10지보살이 절대 나올 수 없죠

그러면 점오면 점수죠

그러면 점오점수가 맞죠!

화엄경이 나는 점오점수라고 보죠

화엄경의 점오점수가 부처님의 진설이라고 보죠

자, 생각해보세요?

부처께서 돈오돈수했나요?

돈오점수했나요?

점오점수했나요?

돈오돈수가 맞다면 부처께서 49년간 8만4천 법문을 할 리가 없죠

돈수했는데 더 이상 법문할 게 뭐 있나요?
돈오돈수는 점오점수 안에 포함되어있소
교도 완벽한 깨달음으로 가는 거예요
후대로 갈수록 그걸 잊어버렸죠
교리가 있어야죠, 교리가!

교종과 선종은 양립하기가 어려워요
교는 채우는 것이고
선은 비우는 것이고
어느 쪽이나 깨달음으로 가는 길이죠
어떻게 양립하죠?

점오점수에서 가장 주요한 것은 자신이 깨달음의 어느 단계에 있는지를
정확히 아는 것이 가장 주요하죠
1단계 겨우 깨닫고 10단계를 다 깨달은 듯이 착각하거나 혹세무민
하면 안된다는 뜻이예요!
젤 주요하죠!
깨달았다는 사람은 자신의 단계를 정확히 밝히는 것이 주요하오
돈오면 단계가 없으니 밝힐 게 별로 없죠
점오면 구경각을 알았느냐? 말후구까지 알았느냐?
정확하게 알고 정확하게 밝혀야죠
그래야 발전하죠

시험도 100점 외에는 인정 못하겠다, 이건 곤란하단 말이예요

89점 99점도 100점으로 가는 도정에 있는거예요
점오점수도 돈오돈수도 업연과 원력과 복덕에 따르는 것이죠
불교죠!

무상정등정각이지만
아뇩다라삼먁삼보리이지만
의상 대사님 말씀이예요
초발심시변정각!이예요
화엄경이죠!

10지보살이 다가 아니고 그 위에 또 있어요
때가 되면 내가 다 얘기할거예요
올은 아직도 1차법문이요
재미있나요?
즐건하루^^
20230813일

7
백의 묘현
올은 울도는 울돈데 울산대 도서관 가는 길이요 월욜이라서
시원한 녹차라떼아이스라지도 챙겼소 4천원^^
이리저리 바쁘기는 하군요^^
1일법문 – 7회차요
시작하니 자가증식이군요

그간 유튭 보다가 신이 없다, 윤회가 없다 등의 썸넬이 떴는데
"나"는 아예 보지를 않았소
근데 어제밤에 유튭을 셔핑하다가 궁금해서 들어가 보게 되었소

신이 없다는 주장은 굳이 말할 필요가 없어 일단 패스하고
윤회가 없다는 것은 전혀 부처님말씀이 아니요
부처님말씀은 깨달음을 얻으면 윤회가 더 이상 없다는게요
근데 깨달아도 업과 원에 따른 윤회는 벗어날 수 없소

영혼이 없다는 주장과 궤를 같이 하여
"나"가 없다는 주장을 하는데 마찬가지요
이런 쇼리는 요즘 법사나 교수들도 열심히 하는 사람들이 있는데
모두 엄청 오해들을 하고 있고 전혀 부처님진설이 아니요

부처님말씀은 깨달으면 아가 없는 것이니
아예 집착하지 말라는 것이요
그러니 깨달으려면 현생에서부터 아에 집착하여 업을 더 이상 쌓지
말라는 것이요
생각해 보오
아가 없는데 아집은 왜 있나요?
몬소린지 알겠죠?
그런데 부처님이 말씀하신 무아는 다른 또 큰 문제가 있소
일단 직접 경전이 아닌 사항은 여기서는 패수하겠어요

글구 다른 스님이 1천만원 5백만원하는 비단가사장삼 입는다고
엄청 비난하고 자기는 헤진 옷 입는다고 무척 자랑하고
가사장삼이 원래 분소의라고 아는 척했소
통도사에 있는 부처님과 자장 율사님의 가사가 분소의요?
글구 지금은 분소의 헝겊을 구하려고 해도 구할 수가 없소

그러니 이상한 걸 막 던져서 신도들을 현혹하려고 하는데
그런데 속지마오
부처님말씀과 경전에 없는 소리를 하면 곤란하죠
분소의도 입을만 하면 입는 것이고
1천만원 5백만원하는 비단가사장삼도 입을만 하면 입는 것이고
벗을만 하면 벗는 것이니
어느 쪽이나 잘 난 척할건 없소

90년대에 우리나라에 벤쳐비즈니스의 광풍이 불었소
그때 경북대 강당에서 벤쳐비즈니스로 성공한 사장이 와서 호기심에
눈을 반짝반짝하며 기대에 부풀어 있는 만장한 대학생들 앞에서
확신에 차서 강연을 했소
교수들이 꾀죄죄한 옷을 입고 자전거 뒤에 도시락을 매고 줄퇴근을 하면
학생들이 과연 교수를 존경할까요?
벤쳐비즈니스를 해서 성공을 해서 돈을 벌고 큰 외제차를 타고 좋은
옷을 입고
삐까뻔쩍하게 출퇴근을 해야 학생들이 존경을 하고 따르지요
나는 그 강연을 듣고 당장 그때는 상당히 놀랬고 매우 인상 깊었소

그때까지만 해도 교수는 선비로서 검소 근검 절약하면서
남산의 딸깍발이처럼 시대정신과 비판정신을 지켜나가야한다는 것이
참다운 나의 교수상이기 때문이었죠
자, 롤모델로서 참다운 교수상은 어느쪽이오?

지금 나는 자신의 길을 구현하는 것이 가장 낫다고 보죠
어느 쪽이나 자신의 참다운 길을 가면 되는 것이오
그런데 끄달릴 이유도 필요도 시간도 없소
불평불만도 시기질투도 부러움도 잘난 척 할 것도 없소
자기 도가 오직 주요하오
즐건하루^^
20230814월

8
백의 묘현
1일법문-8회차요 내가 회차를 이렇게 정리했어요
원효 대사는 일찍이 분황사에서 60권 화엄경소를 편찬하면서
제4. 10회향품까지만 썼죠 이는 수행40위이죠
보살 바로 밑의 위계예요 이 경지도 엄청 대단한 경지요 그러나
원효 대사가 그 이상의 경지를 몰라서 안썼다면 그러면
원효 대사가 보살의 경지에 까지도 못 올라갔다는 말이 되나요?
그런건 아니지요

원효 대사가 보살의 경지를 몰라서 안 쓴 건 아니고

나는 설명을 해봐야 중생이 못 알아듣기 때문이라고 보죠
"여러분이 더 알고 싶으면 실참을 해봐라.
 직접 깨달아 봐야 알지, 말로 듣고 알겠느냐?
 이 이상 보살의 경지는 내가 말로 설명해봐야 알아들을 수 있는
 단계가 아니라네!"
그렇죠!

직지인심이죠!

그리고 또 일연 스님은 3국유사에서 원효 스님을 10지보살중 수행
41위 초지 환희지보살로 보았죠
원효 스님이 讀訟을 하면서 100그루의 소나무로 몸을 나투어 보이
셨는데
이를 초지 환희지보살의 경지로 보기 때문이죠
여기서 訟은 흔히 訟事한다고 번역하고 있는데 그거 아니고
내가 정정하면 讀訟한다는 뜻이에요
讀訟은 아래아 한글에도 다 나와 있는 보통 낱말이예요
원효 스님이 聖師이신데 남과 무슨 訟事할 일이 있나요?

이 역시 대단한 경지이지만 그런데 나는 전혀 다르게 보죠
원효 대사는 정토염불 자재 무애의 신행을 했는데
자재는 10지보살을 뛰어넘는 관자재보살의 보살무애의 위격이며
원효 스님은 관자재보살의 화현이죠
관자재보살의 화신이면 상상을 초월하는 경지예요

원효 스님은 요석공주님과 함께 동두천의 자재암에서 주석하셨는데
이는 자신이 자재무애의 보살의 경지에 있다는 표현이예요
이는 자신이 이곳에서 관자재보살을 친견하셨고
바로 원효 스님 자신이 관자재보살의 화신이라는 선언이예요!
근데 원효 스님을 공부한다면서 동두천의 자재암을 연구자들이 전혀
안 가보는데
나는 반드시 가보기를 추천하죠

답사도 이미 남이 간 익숙한 곳만 찾아가서 익숙한 것만 보는 것은
학문에 별로 도움이 안돼죠 안전빵은 탐구자의 적이죠
전인미답의 경지를 처음 가 보는 것만이 진정한 답사이지만 그러나
그게 쉽지는 않죠
길을 여는 것이 쉽겠어요? 開地 開路 初開!
　　　　　　　　　　　　　　개지　개로　초개
동두천의 자재암은 일반인에게는 많이 알려진 곳인데
학계나 원효 스님연구자들은 이상할 정도로 관심이 없군요
원효 스님 연구자들에게 꼭 추천하죠
그런데 내가 보는 원효 스님의 경지는 진짜 상상을 초월하죠

聖師 元曉는 스스로의 경지를 무애라고 하셨어요
성사　원효
무애는 부처님의 경지죠
무애인이죠!
원효 스님은 스스로를 부처의 위격이라고 하셨단 말씀이예요!

"一切無㝵人 一道出生死!"
일체 무 애 인   일도 출 생사

원효 스님이 화엄경 60권의 이 구절에서 〈無碍〉를 가져와서 자신의
무 애
경지로 일대 선언하셨죠

무애!

이는 자신이 〈법왕 무애인〉으로서 자신이 부처 무애광여래임을 일대
선언하신거예요!
화엄경 60권에 나오죠 문수사리보살의 질문에 현수보살이 답한
부분이죠

"文殊! 法常爾, 法王 唯一法, 一切無㝵人 一道出生死!"
문수   법상이   법왕 유일법   일체 무 애 인   일도 출 생사
"문수보살이여! 법은 항상하므로, 법왕에게는 오직 1법만이 있으며,
1체 무애인은 1도로 생사를 벗어난다."

이처럼 법왕1법하고 1체무애인은 1도출생사하니 무애인은 법왕이며
따라서
무애인에 자신을 비유한 원효 스님은 부처의 화신임을 일대 선언하신
것이예요!
그리고 원효 스님이 60권 화엄경을 소의경전으로 삼고 출발했다는
뜻이예요
깨달음의 오도송이 이미 화엄사상이죠
그러나 그 화엄선의 도는 계속 발전하여 정토무애종으로 갔고 마침

내는 회통불교로 갔죠
걍 말로만 한게 아니고 무애표주박을 들고 일찍이 전국의 천촌만락
에서 기층민 모두가 불타의 호칭을 알게하고 다같이 나무아미타불의
칭명염불의 불사를 짓게 하셨으니 원효 스님이 구체적인 행동으로
실천한 교화가 참으로 위대하죠

무애가! 무애무! 무애행!

무애가 노래를 부르고 무애가 춤을 추고 무애표주박을 들고 기층민
속에서 무애행을 하며
여생 25년을 기층민과 함께 하며 자신의 무애종의 진리를 펼치셨죠
천주가와 오도송 그리고 무애가! 그리고 뒤에서 볼 열반게[1,3]!
이 다섯 게송에 원효 스님의 실천의 일생이 펼쳐져 있죠
도도 주요하지만
실천만이 진리죠! **실천 원효!** 대단하죠!
5가지 게송 중 4가지는 남아 있으나 무애가는 현재 남아 있지는 않죠
추론해 보는 것도 흥미있는 과제죠

그런데 특히 무애는 부처 중에서도 아미타여래부처를 뜻하죠
무애광여래죠!
그래서 원효 스님이 남무아미타불의 명호를 신라인들이 독송하게
하였다 고 나는 보죠
나무아미타불만 지극정성으로 불러도 서방극락정토에 갈 수 있는
정토염불종을

우리나라에서는 원효 대사가 창종한 것이죠
칭명염불만으로 무상정등정각을 깨닫나요?
성사께서는 깨닫는다고 하시죠
그런데 나무아미타불 관세음보살로 달아서 호칭을 하죠
아미타불에는 관자재보살이 대세지보살과 함께 협시보살로 반드시
같이 하죠
아미타불 관자재보살 이 두 불보살이 유독 무애를 강조하여 호칭에
쓰셨죠
그래서 원효 스님이 무애가를 불렀고 무애무를 추는 무애행을 하였고
자신만의 거사불교인 무애종을 창종하셨죠
원효무애종이죠
동두천의 무애 자재암에서 요석공주님과 함께 주석하셨죠
1심화쟁아미타불관자재보살정토염불무애종이예요
화엄종과 정토염불종과 원효무애종을 회통불교하셨죠
성사 원효님의 위대함이죠

우리나라 불교에서 나무아미타불을 독송하게한 시조 분이 신라의
원효 대사라고 나는 보죠!
지금도 법당과 수도처에서 계속 엄청 독송하죠
지금도 전국의 많은 사찰에 나무아미타불의 석각을 새기고 비석을
세우게 하신 분이
성사 원효 스님이시죠
아미타여래의 독송 하나로 서방정토 극락세계로 가나요?
성사께서는 간다고 하시죠

여기서 불학에서 해결해야할 주요핵심과제는
"아미타여래의 정토3부경과 관자재보살의 반야심경의 상호관련성"
이죠
상호관련성이 있나요?
이 과제는 계속 탐구해야할거예요
흥미진진한가요?

깨달음의 종교는 내가 지금 여기서 깨달으면
내가 지금 여기서 살아서 바로 극락정토로 가는 것이죠
공덕을 쌓아서 죽은 뒤에 가는 것이 아니고
깨닫는 순간 그 즉시 여기에서 지금 지상극락선경이 열리는 것이죠
물론 공덕이 쌓여서 죽은 뒤에 가기도 하죠
돈오돈수와 점오점수죠!
이게 모든 깨달음의 종교인 仙敎의 최대 소구점 어필 포인트죠
                        선교

즉각대각!
현생성불!
지상극락!

지금 여기서 바로 내가 성불!
지금 여기서 바로 현생에서 성불
지금 여기서 바로 이 세상이 극락선경!

물론 깨닫고 난 다음의 일이죠

그 전에는 말로만 해서는 그저 그렇죠

쉽지 않은 일이예요

원효 대사가 우리나라에서 정토염불선을 제창하셨죠

정토가 대표적으로 서방정토로서 아미타불의 극락정토이죠

원효 대사가 정토3부경도 강설하여 론소를 반드시 모두 집필하였을

것으로 보지만 지금은 다 남아있지는 않죠

그러나 그건 이제 우리가 해결할 과제예요

원효 대사의 무애광여래 아미타여래신앙은 서방정토에 태어나기를

기원하며 당시 3국통일전쟁시기의 신라인과 전체 한국3국인의 마음을

위무하는 큰 역할을 하였다고 나는 보죠

성사 원효 스님의 생애에서 이 부분이 가장 주요한 핵심이죠

이는 내가 최초로 연구해서 논문으로 발표했죠

아아! 미타찰혜! 아아! 미타찰혜!

그래서 월명사의 제망매가에 미타찰이 나오는 것이죠!

월명사가 아미타여래의 화신이신 성사 원효 스님을 신앙하는 신라

정토무애종인 것이예요

그만큼 무애광여래 성사 원효 스님의 정토원효무애종이 광범위하게

전파되었죠

生死路隱此矣有!
생 사 로 은 차 의 유

阿米次肹伊遣?
아 미 차 혜 이 견

吾隱去內如辭叱都
오 은 거 내 여 사 질 도

毛如云遣內尼叱古
모 여 운 견 내 니 질 고

於內秋察早隱風未
어 내 추 찰 조 은 풍 미

此矣彼矣浮良落尸葉如
차 의 피 의 부 양 락 시 엽 여

一等隱枝良出古去
일등 은 지 양 출 고 거

奴隱處毛冬乎丁
노 은 처 모 동 호 정

阿也彌陀刹良逢乎
아 야 미 타 찰 양 봉 호

吾道修良是古如
오 도 수 양 시 고 여

- 月明師 祭 亡妹 歌
   월명사   제   망매   가

삶과 죽음의 길이 여기에 있구나!
아! 미치겠구나! 저기로 보내야만 하는가?
나는 가는 누이에게 말을 하며 슬퍼만 하도다!
생각할 수록 이르노니 가는 누이가 슬프구나!

어느 가을에 보이는 때이른 바람에
여기 저기 떠서 떨어지는 진실한 죽은 닢처럼
한 같은 가지에서 진실하게 태어나고 흩어져 가는데
너가 가는 데를 생각하니 곧 겨울이 되어 지겠구나!

아아! 미타찰에서 진실로 만나자꾸나!

나는 도 닦아서 진실로 반드시 이렇게 하겠고야!

- 월명사 제망매가. 누이를 보내며 부르는 열반게 이ㄱ식 번역

아아! 미타찰혜! 아아! 미타찰혜!
극락왕생! 극락왕생!
원왕생! 원왕생!

여동생의 극락왕생만을 하늘과 땅에 사무치게 비는
오빠의 간곡한 염원이고 기도죠
구도자가 부르는 망매가의 기도로서 절창이죠

종이돈은 서방극락정토로 날라가고
애틋한 그리움은 달이 되어 이 마음을 따라오네!

무엇하나 부족함이 없는 서방극락정토로 가도
돈은 필요하다는 이 말씀인가요?
월명사는 누이를 위해 도를 닦으며 다시 만날 날을 기다리죠
도와 돈이예요
도와 돈 2가지가 삶이예요 그리고 사랑이 있죠! 3가지예요!
잊지마세요! 도와 돈과 사랑! 삶의 3대핵심이예요

나는 제망매가를 환국어 동이국어 신라경주어로 풀이 했소
이렇게 하니 제망매가가 확 살죠?

이두문이라면서 결국 한문식으로 해석하는데 그거 아니에요

신라경주문법 어법으로 해석해야 하오 현대신라경주문법 어법으로도 어려워요

그나마 내가 향가를 해석할 수 있는 거의 마지막 인력이예요

이건 글이나 문장으로 문어체로 번역하면 안되요

말이고 노래니까 구어체로 불러야 하오

번역하면 안되고 피리를 불며 노래로 불러야 하는데 이건 나도 어려워요

공자의 시경과 같은 한시 문장이 결코 아니요

그래서 향가 아니요? 향가에서는 운률이 반드시 있지만 이두문에서는 잘 안타나서 매우 아쉽지만 그건 앞으로 번역에서 해결해야할 과제죠

여기서 특히 毛를 생각하다 로 번역했고 良을 진실로 라고 번역
했는데 추후 설명할 기회를 갖기로 하겠소

향가를 또 시적으로 지해했는데 잘 되었기만을 바라겠소

월명사의 마음을 신라경주어로 번역했소

마음의 번역 心譯이오

월명사의 이름이나 구도의 수련법으로 볼 때 화랑풍류도와 불교 정토원효무애교를 합일한 스님으로 보이오

월명과 원효! 뜻이 아주 통하지 않나요?

월명사의 누이동생은 초가을 갑자기 추운 날씨에 감기 독감 폐렴으로 일찍 세상을 여윈 것으로 보오

삶과 죽음의 길이 바로 여기에 지금 있구나!

멀리 있는 알았더니 대문 밖에 있는 것도 아니고 바로 여기서 지금 길이 엇갈리는고야!

돈이 있었으면 조금이라도 일찍 치료해 충분히 살릴 수 있는 정도의
병인데
돈 땜에, 내 땜에.... 돈이 뭔지, 도가 뭔지
구도에만 열중하다가 누이를 일찍 여읜 오빠의 자탄은 끝이 없죠

아아! 미타찰혜 미타찰혜!
원왕생 원왕생!

내가 도를 이루어 제일 먼저 진실로 누이를 극락으로 왕생하게 하고
극락에서 진실로진실로 반드시 만나도록 하겠다!!
이제 사랑하는 누이에게 서원할 일은 진실로 이것뿐이죠

도를 이루면 돈은 저절로 들어온다
그때 진짜 인간성과 도가 나타난다
見性이죠
현 성
월명사의 누이에 대한 열반게이자 서원시예요 맹세시가죠!
누이를 여읜 구도자의 대단히 아름답고 진실한 구도시이며 향가시죠!
이 이상의 진실한 남매의 사랑이 있고 구도시가 있나요?
그래서 시가 있는거예요!!

한번은 태화루 앞에서 버스를 기다리는데 한 고등학생 또래의 어린
학생이 내렸어요20230826토
근데 검은 티를 입고 있는데 왼쪽 심장 앞에 흰 영문글씨가 다음과
같았죠

MAKE

MONEY

NO

FRIENDS

그렇죠! 그거죠! 나는 놀랬죠

참으로 일찍 세상이치를 깨달은 이 시대의 고등학생이었어요

머니 머니 해도 머니가 최고죠!

자본주의에 일찍 적응해야죠!

친구는 돈이 생기면 저절로 생길거예요

돈 떨어지면 친구는 글쎄요? 어떨까요?

그때 친구가 진짜 친구요? 글쎄요? 어떨까요?

쟤는 좋은 일반 있을거예요

지금은 돈이 말하죠 여대생의 티에서도 분명 말하죠

MONEY TALKS,

WE TRANSLATE.

돈이 말을 하고 우리는 걍 통역할 뿐이죠 부디 잘하기만을 바라죠

전통적으로는 돈을 가지고 남을 애먹이는 사람에게 말하죠

사람 나고 돈 났지

돈 나고 사람 났나?

요즘을 듣기 어려운 소리지만 언제나 가슴에 새겨야할 격언이예요
현대어로 번역하면 이익보다 사람 먼저! 그 말이죠
돈을 벌어야죠
부유해야죠
그보다 더 주요한 것은
돈을 벌었으면 잘 써야죠
개같이 벌어서 정승같이 쓰나요?
그게 목표인가요? 어쨌든!
잘 벌고 잘 쓰자!
이게 나의 돈철학이고 부유철학이예요 괜찮죠?

많이 벌었나요?
많이 번 것은 생각차이고 번만큼 많이 쓴 것은 사실이예요
잘 썼나요?
잘 썼죠!

월명사가 정토염불무애종이예요
미타찰의 정토염불무애종주가 원효 대사죠!

의상 대사는 화엄10찰을 창건한 위대한 화엄종주이시고 진골 출신의
왕족으로 권력과 재력을 동원하여 그렇게 할 수 있었는데 신라불교
권력을 꽉 잡고 계셨고 저서는 크게 남아 있지 않고 그런데 명 저술인

간명한 210자의 법성게만 남아있어서 그 울림도 매우 크고 오래가죠 오늘날 거대한 화엄10찰은 별로 남아 있지 않고 그 보다 210자의 아주 간명한 법성게만 남아 의상대사의 위대함을 알려주고 있죠 역시 제행무상이고 제법무아군요

원효 대사는 120여종 240여권의 불경의 론소를 쓰신 위대한 정토종주가 되셨는데 6두품 출신으로서 권력과 재력을 동원하는 창건 불사는 거의 할 수는 없었고 불교권력과는 별로 관련이 없는데 그 명저서는 상당수 남아있으나 매우 어려워 "해독"하는 사람이 별로 없는데 신기하게 기층민을 위해서는 나무아미타불의 6자 정토칭명 염불만 최고 간명하게 남겼죠 역시 제행무상이고 제법무아군요

의상 대사는 전국에서 명승지에 화엄10찰을 비롯한 수많은 거대 사찰을 창건하였지만 남아있는 곳은 상당수 없고 의상암은 거의 없죠 왜 10찰이죠? 그러니까 화엄종이죠 거대 사찰을 짓고 있으면 사람이 찾아 오죠

원효 대사는 전국에 높은 산 위에 수많은 작은 원효암 암자가 천촌 만락에 있지만 자신이 창건한 거대 사찰은 없죠 왜 없죠? 그러니까 무애종이죠 몸으로 뛰어 사람을 찾아가야죠

의상 대사는 화엄학을 공부하고 아미타여래와 관음보살도 신앙하였고 신라불교의 핵심이 되셨죠

원효 대사는 화엄학을 공부하고 아미타여래와 관음보살을 신앙하였고 더 나아가 환속하여 무애행을 하면서 정토염불종과 무애종을 창종 하여 신라불교의 핵심이 되셨죠

두 분 다 신라 국찰 흥륜사 중에서도 당당히 금당10성이 되셨죠 서로의 불사가 다른 방향으로 갔다가 다시 마주 보고 만났죠

의상 대사는 진골 황족으로서 대당유학생으로서 중국 당물을 먹고
고급으로 지냈고 심신이 편안했나요? 에어콘 빵빵한데서 부하시켜
펜대 굴렸나요?
원효 대사는 6두품 지방출신으로서 국내파이고 해골물을 먹고 저자
거리에서 지냈고 팔다리가 고생인가요? 춥고더운 한데서 나홀로
온몸으로 떼웠나요?
두 분 다 당당히 금당10성이 되셨죠
어느 쪽이 낫나요?

세속인은 항상 생각하죠?
어느 불사가 낫죠?
누가 더 낫죠?
다 부처님의 섭리겠죠

대형사찰의 창건불사도 엄청 어렵지만 논문 1편, 저서 1권을 쓰는
것도 매우 어렵죠
소1마리 잡는 이상의 힘이 들죠
그런데 그 어렵고 방대한 저서를 남기면서도 기층민을 위해서는 아주
간단한
나무아미타불의 6자 칭명염불만을 남기셨는데
더 줄이면 아미타불의 4자죠
염불도 전혀 어려운 염불이 아니예요
간단!
단순!

간명!

과연 원효 스님이시죠!

그리고 1심화쟁의 화엄불교를 제창하셨죠

신라3국통일의 밑그림을 그린 원효 스님의 대전략 그랜드 디자인이죠

이 모든 전략이 모두 여법하게 적중한 것이예요

그래서 무애광여래의 화신이시죠!

어려운 일이지만 신라인들이 만난을 무릅쓰고 그 어려운 일을 잘 해내었죠

의상 대사에게는 약혼자 선묘화낭자가 있고 원효 대사는 요석공주가 있죠

의상 대사는 선묘화낭자를 법으로 대했고 원효 대사는 요석공주를 나로 대했죠

의상 대사는 선묘화낭자를 제자로 맞이하여 아쉽겠지만 룡으로 승천하게 하셨고 원효 대사는 요석공주를 스스로 부인으로 맞이했죠

진골황족인 의상 대사가 계를 어기기는 어려우나

6두품인 원효 대사는 아무래도 덜 엄격했다고 볼 수 있죠

2스님과 2여인은 합심하여 국가와 중생과 시대를 위하고 각자의 불사를 남겼죠

세계1화죠

다 부처님의 섭리겠죠

의상 대사와 원효 대사의 신라와 국민을 위하는 마음은 모두 똑 같았고 불교를 사랑하여 평생을 구도의 길을 가셨죠

의상 대사는 기득권층 중심의 불교를 했으나 결국은 기층민을 포함
하여 모두를 위하는 불교이고 위에서 밑으로 갔고
원효 대사는 기층민 중심의 불교를 했으나 결국은 기득권층을 포함
하여 모두를 모두 위하는 불교이고 밑에서 위로 갔고
다만 그 방향이 달랐을 뿐이예요
결국 만났죠

자장율사의 법맥을 누가 계승했느냐? 하는 것도 더 탐구해야할 과제죠
공식적으로는 의상 대사일 가능성이 더 높다고 나는 보죠
진골이고 불교권력과 재력을 가져 화엄10찰을 지을 정도이기 때문이죠

문무대왕은 의상대사에게 국성을 지을지에 대한 자문을 구했는데
의상대사는 당시 정국상황에 국민이 힘든다 고 짓는 것을 반대해서
결국 짓지 않았죠 역시 기층민을 위하는 마음이죠
이건 의상 대사가 불교를 대표하는 국가의 승직을 맡았다는걸 의미하죠
國師죠!
국사
이건 유가사가인 고려(후)의 김부식 선생이 반드시 기록한거예요
근데 문무대왕께서 국성을 건설하는 것을 의상 대사는 반대했지만
그 자신은 화엄10찰을 건축했죠
이건 국성건축의 대규모 토목건설국책사업과 불사를 다르게 보았기
때문일거예요

기층민 속에서는 오직 원효 대사가 불교대표일 것으로 보죠
기층민이 모두 부처를 알고 염불을 부르게 하였기 때문이죠

아마 신라 고려 백제 가야 도 등 4~5국인 모두의 불교대표일거에요

두 스님은 국찰 흥륜사에서 금당10성으로 마주 보며 다시 만났죠

당주계에서 헤어진지 몇 번 봄가을이 천지를 물들였던가?
국가와 불교와 중생을 위해 또 몇 번의 세월을 보내야 할 것인가?

원효 스님이 불교권력과 별로 관계 맺지 못한 것을 자꾸 단순하게
골품제에서의 6두품 때문으로 보는데 물론 그것도 있지만 더 깊이
성찰해야죠
무엇보다 나는 의상 대사처럼 경주 김씨가 아니기 때문으로 보죠
사회체제가 절대 황정체제에서 경주 김씨 위주로 돌아가면 다른
성씨가 어떤 분야든 끼어들기는 아주 어렵죠 갈수록 매우 어렵죠
이게 또 나중에는 엄청 문제가 되죠
원효 스님이 또 대당유학승이 아니기 때문이죠 순수 국내파예요
학벌에서부터 벌써 밀리는 거예요
그런데 원효 스님이 너무 뛰어나니 더 시기질투하여 달려드는 것이죠
우열질이죠
글구 요석공주와 혼인하여 신분급상승한 것도 부러움반 시기질투심
반이 되는거죠
皇城 皇京 皇都 서라벌 출신이 아니고 지방 경산시 출신이기 때문인
것도 큰 이유 중의 하나예요 물론 할아버지 설잉피공은 서라벌 경사
인이죠

또 설잉피공의 爵名_{작명}이 公_공인데 이는 公爵_{공작}이므로 원래 집안은 대단히 지체가 높은 귀족가문이예요

신라6부의 명활산 고야촌의 습비부의 설호진 촌장의 후손이예요

근데 손자 대인 원효 스님 대에는 6두품이 되어 경산시 자인면에 살게 되었어요

그런 사회적 신분이 원효 스님이 만난을 무릅쓰고 그 어려운 불교저술에 몰두하게 된 근본원인이예요 머리 좋고 가난하고 6두품이면 할 것은 오직 공부죠!

신라 개룡남이오? 사법행정고시합격사와 교수에도 이런 분들이 많죠

전화위복이라기 보다 원효 스님께서 자신의 길을 알고 권력과 금력보다 저술과 기층민으로 뛰어드는 무애행의 길을 스스로 개척하신 거예요

태종무열대왕의 부마이고 요석공주의 부군이고 문무대왕과 처남남매간이고 흥무왕 김유신 장군과는 동서지간이며 김유신 장군께서 지금 경산시인 압량군 군주를 하셨으니 지연도 있다면 있고 또 추측컨대 신문왕의 의붓 장인으로서 혼자 호의호식하고 기득권층의 비위에 맞춰 개인일신영달이나 하려고 했으면 만고에 편한 인생이 되겠죠

게다가 탐욕이 눈꼽만큼이라도 조금이라도 있었다면 그 탐욕이 역사에도 남을 정도로 어마어마했겠죠

그러나 그 끝이 좋겠어요?

원효 스님은 이미 다 알죠

그 예토에 발을 디디겠어요? 그래서 정토무애종을 창종한 것이죠

기득권층으로 적극적으로 편입되어간 것은 다 깊은 뜻이 있기 때문이고

그 모두는 결과로 엄중히 보여주셨죠 이것이 원효 성사의 위대함이죠
그래서 天生師表로 나는 칭송하죠
　　　　천생　사표

신문왕과 김원술랑과 김반굴랑과 설총 선생도 4촌간이죠
화랑 김관창도 이 혼벌에 있어요
신라의 3각혼인동맹의 혼벌이 어마어마하죠
신라 3국통일의 원동력이죠

이것이 원효 대사가 스스로 수립한 대전략이고 태종무열대왕도
흔쾌히 수락하신 그랜드 디자인이죠 당대최고죠
이 드라마틱한 대전략의 전개는 대단한데 그만큼 아무나 알기 어려운
일이에요
나는 1천5백년이 지나 쬐끔이나마 이해하죠 그리고 결과까지 입증하죠

**흐르는 유교의 남천물은 예와 같은데 영웅호걸은 하늘의 해와 달같이
빛나도다!**

나는 가끔 유교터를 찾아가 하염없이 흐르는 남천물을 보며 가만히
웃음짓죠
나는 쬐끔이나마 그 깊은 뜻을 알고 있군요!
굳이 물에 떨어져서 옷을 벗어 말리며 시간 버는 수고를 안해도 될
텐데요
"스님, 우리 공쥬님이 잠깐 차한잔 하시자는데요, 잠깐 시간 좀 내
주시죠. 그보다 대왕님께서 직접 엄명하신 일인데 제가 못 모시고

가면 저 당장 잘려요! 모시고만 가면 제가 올해 인사고과 1등 나와요!
대왕특별표창장과 성과급뿐만이 아니고 그정도면 1계급특진도 따놓은
당상이예요 당장 저 좀 살려주시는 셈치고 걍 가시죠. 저도 알고 보면
원래 경산사람이에요."
참 스님도 극한직업이야!
공쥬야와 혼인 한번 할려고 물에 떨어져야 한다니 혼인도 참 아무나
하는 일이 아니야! 다이빙과 헤엄은 기본이야! 41세지만 평소 체력도
되어야 체력테스트를 통과하지! 연기력도 출중해야지!
그러나 잘 했지!

서산으로 한없이 흐르는 남천물은 밤 깊도록 여울지며 말없이 반짝이네
1천5백년전 이 모두를 지켜본 도당산은 여전히 푸르네
서라벌은 또 한번 큰 새벽이 밝았네

이 3각혼인동맹의 성격은 〈그림1〉에도 핵심은 나타냈으나 차후 더
상론해야죠

한가지 가능성을 더 논술할까요?
김흠운 장군의 따님이 신문왕과 혼인한 신목황후죠
그러면 신목황후의 어머니가 요석공주라면 원효 스님은 신목황후의
계부이시죠
그러면 신문왕의 장모가 요석공주고 의붓 장인이 원효 스님이 되고
그러면 신문왕과 설총 선생이 처남남매간 또는 4촌이 되는거죠
복합적 촌수죠 그래서 더 강한 힘이 발휘되죠

신문왕이 2년 682년에 설총 선생의 국학을 요석궁에 설립하여주셨죠
이 때는 설총 선생이 우리나이로 25세이고 총명하시기 때문에 충분히
가능하죠
지금은 지금은 설총 선생의 생가인 요석궁은 없어졌지만
국학 향교는 여전히 남아있고
3분이 마셨던 신라 대형 요석궁 국학 향교우물이 남아 그날을 기억
하고 있죠
다 보시공덕이죠
이제 이해가 갑니까?

태종무열대왕 　　　문명황후
정치 진골 황귀족 김씨
원효　　　요석공주　문무대왕　지소부인　　김유신
종교 불교 기층　　　기득　　　　　　　국방 풍류도 화랑원화 가락
설총　신목황후　신문왕　　　　김원술
유교

<그림1> 신라의 3각혼인동맹 - 간명한

원효 대사가 신라의 엄격한 신분골품제도하에서 대왕의 공주이자
진골과 혼인하는 것은 매우 어렵고 하늘의 별따기예요
신라는 엄격한 신분제인 골품제를 채택하고는 있었지만 카스트제도를
채택하고 있는 다른 나라와는 달리 능력주의를 매우 중시했죠
그래서 태종무열대왕 김춘추 국상 흥무왕 김유신 장군 성사 원효 스님
같은 불세출의 영웅이 신분이 낮거나 기층민 출신에서 무수히 탄생
하였죠

신라의 대전략이자 큰 전력이죠

신라 3국통일의 원동력이죠

신라의 3각혼인동맹의 학문적 사상적 역사적 개혁적 등등의 연구는 이제 본격적으로 해야하오

이는 원효 스님의 방식으로 골품제를 타파한 것으로서 신라를 개혁한거예요

그 어려운 혁파를 원효 대사가 해낸거예요

이 혼인은 기득권층과 기층민이 원효 대사를 매개로 결합한 역사적인 혼인이예요

기득권층과 기층민이 혼인한거나 마찬가지에요

쉽겠어요?

자칫하면 당장 양측으로부터 협공을 당할 수도 있죠

원효 대사는 몸을 던져 이를 기층민을 위한 살신성인으로 보여줘서 지지를 이끌어내었죠

그래서 1心和諍사상이죠!
　　　심　화　쟁

1심화쟁사상을 온몸으로 먼저 실천하셨죠

그래서 신라의 기득권층과 기층민의 화합을 이끌어내셨죠

그래서 원효 스님이시죠!

요석공주께서도 혼신의 힘을 다해 노력하셨죠

그러니 그런 부귀영화가 다 원효 대사의 본뜻이 아니었죠

그 모든 걸 다 뿌리치고 진리와 기층민을 위한 진짜 자재무애한 길을 가셨죠

그만큼의 영민한 천재적 자질도 있지만

이는 오로지 하늘이 내렸다고 할 정도의 스스로의 노력과 사명감만이
있어야만 하는 일이예요

원효 스님은 경주 김씨라도 그렇게 했을거지만 다른 화려한 좋은 일도
많이 있으니

원효 스님과 같은 하늘같고 땅같고 바다같은 크나큰 원력이 아니면
아무리 굳은 결심이라도 그게 어려울거예요

무엇보다 원효 스님이 스스로의 길을 깨친거예여!

자신의 시대적 사명과 역할을 스스로 깨치고 난관을 돌파하여 길을
개척하고 후세인에게 모범을 손수 보여주시고 성공까지 한 분이예요

인류역사로도 희귀한 일이예요

그러니 무애광여래의 화신이죠!

우리나라에서도 그렇지만 일본이나 중국에서 역사적으로도 더 알아
주는 저술이 그게 그렇게 쉽겠어요?

지금은 어때요?

누구나

돈을 추구하죠

도를 위해서 하나요?

도를 위해 돈을 추구하나요? 돈을 위해 도를 추구하나요?

살기 위해 먹나요? 먹기 위해 사나요?

그러니 원효 스님은 삼매경소를 짓기 위해 소 두뿔에 책상을 걸쳐놓고
2角사이에서 신선처럼 하셨죠 그래서 角乘이죠
  각   각 승

그것도 요석공주가 계시니 사랑으로 그렇게 하나요?

그것만으로 되는 것은 아니죠

나는 이 角乘의 2角을 本覺 始覺의 2覺으로 보죠 1乘2覺이죠
각 승   각   본각   시각   각   승 각
1牛2角이죠
우 각
나는 이를 체와 용이고 본질계와 현상계로 보죠 1心2門이죠
심   문
원효 스님은 실생활에서도 체와 용의 균형을 잡으셨고 성공했죠

무엇보다 신선처럼 하시는 분이 대부분 소를 타신다, 라고 나는 보죠^^
소를 타고 소를 찾나요? 무엇을 찾나요? 찾기는 찾았나요?
그만큼 현실세계를 생각하면서 하기는 어려운 일이예요
그러나 생각해야만 하오
현실 세속세계사람들이 이해하기는 무척 어려운 일이예요
근데 원효 대사는 저술업적도 엄청 내고 결혼하여 대를 잇고 기층민도
실제 위하고 깨달음도 얻어 아미타여래의 화신이 되시고
3국통일의 위업달성에도 큰 역할을 하셨죠
원력이 대단하신 분이예요
위대한 성사이시죠

원효 대사는 120여종 240여권의 방대하고 호한한 불경의 론소를
썼지만 기층민을 위해서는 오직
나무아미타불! 만을 간절히 독송하면 되는
가장 간명하고 가장 절실한 염불수행을 제창하셨죠!
이는 원효 대사가 아미타여래의 화신이기 때문이죠!
원효 대사가 아미타여래의 화신이다! 라는 것이 나의 학설이죠!
원효 대사가 무애광여래 아미타여래 아미타불의 화신으로서
무애행을 하면서 기층민의 성불을 위해 기층민의 정토 속으로

뛰어든 것이다! 라는 것이 나의 학설이죠!

그 이전에는 관자재보살의 화신이셨죠!

이 2불보살이 무애의 화신인 여래와 보살이예요

이 두가지 화신이 중첩되신 분이고 당대에 스스로 발전하여

보살에서 여래가 되신 분이예요!

그리고 신라 전역과 기층민에게도 드디어 불교를 전파하여

신라를 마침내 정토불국토로 만들었죠 그래서 신라하면 불국사죠

세계1화의 화엄세계로 만들었죠

유마 거사와 비교하는 사람도 있으나

그게 아니고 원효 스님은 유마 거사와 관자재보살도 넘어

아미타여래 아미타불 아미타부처의 화신이예요!

우리 앞에 여래로서 나타나셨죠

그래서 이 아미타불 관자재보살 원효 스님 3분이 무애의 화신으로

나타나셨죠!

나의 학설이 놀랍죠!!!

이로써 내가 원효 스님이 아미타여래의 화신인 것을 변증했죠!

근데 이제 겨우 1일법문이예요!

원효 스님이 아미타여래의 화신이라는 변증을 위해 이 시와 법문과

논문을 겸해서 썼는데

이 역시 간명하나요?

원효 대사가 요석공주님과 혼인한 것을 항간에서는 흥미 위주로 자꾸

파계했다고 하는데 그게 전혀 아니고

3국유사에서는 일연 스님이 聖師 원효라고 하면서 평전을 시작하였고
失戒했다 라고 완곡하게 표현했는데 이는 굉장히 높이 받든 것이죠
원효 스님과 설총 선생 부자의 고향 후배가 알고 보면 또 일연 스님
이예요!
물론 그 땜에 그런건 아니예요!
설총 선생과 함께 경산시 3성현을 이루고 있죠
원래 위인은 시골 깡촌에서 나오는 것이예요!
압량군남 불지촌북 발지촌 불등을촌 율곡 사라수 하에서 탄생하셨죠
원력을 크게 품는 것이죠

나는 실계도 전혀 아니고 원효 스님이 정토 무애종으로서
환속해서 정식으로 혼인한 것으로 보죠
정식 혼인은 전혀 파계도 아니고 실계도 아니고 숙세의 인연 따라가는
것이예요
그 깊은 이유는 다른데 있죠

종교적으로는 원효 스님이 그의 꿈인 정토염불종 원효무애종을 창종하여
재가거사불교의 재가승으로서 당시 3국통일전쟁시기에
고통 받는 3국의 모든 백성을 위해
스스로 *정토속으로!* 다가 가셨죠
원효 스님이 안가면 누가 가겠어요?
나는 원효 스님이 6두품이지만 실제 기층민 출신일 가능성이 매우
많다고 보죠
원효 스님이 몰가부 서까래 대들보 천주 등 건축용어의 비유를 자주 썼고

특히 자신이 백고좌의 100개의 서까래가 아니고 금강삼매경론의
1개의 대들보임을 매우 자랑스레 선언하셨는데
이는 건축노동일에 종사했을 가능성이 크기 때문이죠
건축하면 상량이죠
단순 대들보 올리는 것이 아니고 상량식이 한옥건축중간 준공의 큰
상징이죠
이건 예수가 목수의 아들인 것과 비슷하죠
그리고 "발언이 상규를 어긋나고 도리에서 벗어났으며 행적이 질서에
반하고 규범에 막히지 않고 트였으며," 라고 했는데 무애행으로서
나올 것은 대부분 나왔으나 진짜 무애행은 바로 이 뒤에 나오죠
그래서 나는 원효 스님이 건축노동자로서 기층민의 비격식 표현을
썼기 때문으로 보죠
나는 더 나아가서 환속이라기 보다

오직 기층민을 위해!
오직 기층민 속으로!
오직 신라와 3한정토를 향해!

대처승과도 전혀 다른 개념의
원효만의 재가거사승의 무애종을 창조한 걸로 나는 보죠
정토종이 원래 혼인하여 처자식을 갖는 것에 관대한 것도
원효 스님이 정토종을 창종한 이유의 하나라고 보죠
성속불2죠!
진속불2

진속1이죠!

원효 스님이 기층민과 함께하며 불학과 수도에서 큰 영향을 받아
정토무애종을 창종하신 것이 원효 스님이 바로 眞俗不2 眞俗1如의
1心 和諍을 제창한 가장 큰 이유라고 보죠
원효 스님은 고도의 眞과 기층민의 俗을 동시에 수도하고 실천하고
이를 불교이론화한 것이 최대의 장점이죠
眞과 俗을 동시에 쌍수했다고 할 수 있죠
眞俗雙修죠!
이론과 실천이 동시에 행해진 것이고 그것이 원효 스님의 가장 큰
장점이죠
불교 2천6백년 역사에서 누구도 할 수 없는 매우 어려운 일이예요
불교이론을 실천적으로 한층 더 고도화하였죠
불학에 큰 기여를 하였죠

엄장, 광덕, 그 부인에게는 가르침을 주었는데
나는 이 3분이 모두 재가스님 또는 재가거사로서 원효 스님의 정토
거사무애종으로 보죠
양지 스님에게는 가르침을 받았고 대안 스님에게는 추천을 받았죠
그리고 이 5분이 모두 기층민 출신의 스님 또는 거사이시죠
과연 원효 스님은 기층민을 위하시는 부처이시죠!
화랑원화와 같은 성직자의 재가종교를 창종한거예요
화랑원화가 풍류도의 종교죠
원효 스님도 화랑이었을 것으로 보죠

良志 스님은 그 이름부터가 〈진실한 뜻〉으로서 기층민의 진실한
양지
스님이셨죠 원효 스님의 스승인 분인데 도를 깨달아 어려운 경전
저술보다는 황경안의 국찰 령묘사의 장6존상 등등 불교예술품으로
기층민을 크게 교화하신 분이예요
그러면서 주석하기는 황경안이기는 하나 서천 너머 외지고 험한
석장사에 계셨죠
원효 스님과 달리 어려운 글보다는 기층민에게 깊이 감동을 주는
불교예술품으로 크게 교화하신 분이예요 물론 원효 스님도 무애가와
무애무와 무애표주박으로 예술로서 교화하셨는데 그 원 기원을 보여
주는 분이예요 사실 글도 어렵지만 불교조각예술도 아주 더 어렵죠
그러나 시청각교육이 효과가 매우 큰 것과 같죠

뿐만아니라 원효 스님은 소정방 장군의 난새와 송아지 그림암호
鸞犢繪 를 해독해주는 등
난 독 회
전투에 직접 참전한 것은 아니지만
최전선에서 전쟁에 완전 참전했죠
이는 난새와 독수리의 비밀을 풀이한 특급 암호해석도 해석이지만
전장의 판세를 정확하게 상황판단하고 예측하여 전략수립을 한거예요
이게 혼돈의 전장에서 젤 어려운 정보판단과 예측으로 전략과 전술과
작전계획을 수립하여 혼란을 수습한 최고의 의사결정이죠
물론 의사결정과 실행은 최고사령관인 문무대왕께서 하셨겠지만
원효 대사의 전략수립의 건의가 승리의 결정적인 역할을 했죠
원효 스님이 과연 대전략가이시죠
나는 군승으로 종군했을 것으로 보죠

신라에 호국 승병도 많이 있었을거예요

화랑원화군과 같은거예요

전쟁이죠!

원효 스님이 암호해독의 1급전문가가 되신 것은 그의 저술이 암호
해독처럼 어려운 것과도 관련이 있죠

다시 더할 길없는 우국충정이죠!

문무대왕과는 처남남매간이죠

위대한 원효 스님이시죠!

원효 대사가 여염집에서도 잤고

같은 재가거사들과 어울려 술집과 倡家에도 갔다고
      창 가

중국 송고승전에 엄연히 기록되어있죠

그리고도 거리낌이 없었으니 과연 무애행의 원효죠

여염집에 가서 뭘 했죠? 술집과 창가에 가서 뭘했죠?

가기는 갔지만 아무 일이 없었으니 거리낌없는 무애행이었나요?

무슨 일이 있었어도 거리낌없는 무애행이었나요?

元曉不羈죠
원효 불 기

여기서 노름 도박 얘기는 없죠 없으면 안했죠

했으면 크게 땄겠지만죠

그러나 워낙에 부자지간에 고스톱을 해도 노름판돈이 안맞는다는 것
아녜요?

돈 들여 안되는 것은 노름뿐이라고 하죠

그런 판이니 안했죠

돈 들여 여자나 남자는요?

그것만큼은 내가 장담할 수 없죠
모 잘될 수도 있고 안될 수도 있죠
그렇다고 달라질 것이 있나요?
도인은 사람을 살리는 법거량을 하죠
오어사에서 혜공 스님과 물고기를 먹고 모두 활어로 살아나오게 했죠
그러니 누구보다 구원을 받아야할 영혼이 그곳에 있으니
원효 대사가 가야지 누가 가겠어요?

그러나 깨닫지 못한 사람이 함부로 흉내 내면 큰일 나죠
지옥행이죠
원효 스님은 환속을 하여 속복을 입고 속인으로서 그렇게 하신거예요
스님의 자격으로 그렇게 한 것이 절대 아니란 말예요
글구 기층민을 포교하기 위해 그렇게 한거란 말예요
그래서 환속을 한 것이예요
非僧非俗이죠!
비 승 비 속
그러니 환속이후는 실계도 전혀 아니죠 속인이예요 속인!
그러나 거사로서 국가와 불교를 위하기 위한거예요
내가 원효 스님을 연구하여 논문을 쓰면서도 이 부분이 젤 염려가 되죠
내 논문을 읽고 또 무애행이다 라면서 성속간에 엉뚱한 행위를 하는
사람이 있을까 봐 염려되죠

오래전에 외국에서 어떤 소설가가 창녀촌에 갔다가 경찰에 걸렸죠
근데 그 소설가가 말하기를, 자기는 창녀를 소재로 소설을 쓰려고
하는데

실제 가서 창녀들을 살펴보는 체험을 하려고 한 것이기 때문에 무죄
라고 했죠

창녀 땜에 간게 아니고 오직 숭고한 예술을 위해 직업상 취재상 갔다는
것이죠!

하여튼 말빨은!

실제 판결은?

내 기억으로는 무죄판결을 받아내었죠

소설가 다운 소설가의 변론이 먹혔나요?

판사가 봐줬겠죠 그래도 명작을 기대했나요? 먹물이라고? 같은 남자
라고? 전관예우 찬스인가요?

소설을 쓰기는 썼나요?

입만 살아있네!

다 궤변인가요?

머리를 썼다기 보다 사실 이런 뻔한 변명을 많이 쓰죠

구라빨사회죠!

그런데 그 혼인에는 아주 더 주요한 개인적인 문제도 있죠

원효 대사의 신분이 엄청 수직 급상승한 것이죠

태종무열대왕의 부마로서 황족으로 바로 편입되었죠

신라에서 당시 엄격한 신분사회에서 평소 같으면

혼인 자체가 어려웠고 대단한 영광이었는데

그러나 태종무열대왕으로서도 누구보다도 살뜰한 따님이신 요석공주를

성사 원효와 혼인시킨 대단히 성공한 혼인가약이었죠

나는 그 정도가 아니고 신라 3국통일을 가져온 대혼인동맹으로 보죠
이 혼벌에는 흥무왕 김유신 장군도 이미 참여하고 있어서
나는 더나아가 신라의 3각혼인대동맹의 대전략으로 보죠
이 위대한 전략가들의 살신성인의 맹활약으로
신라3국통일이 마침내 이루어졌죠
재밌는 것은 김유신 장군과 원효 대사가 모두
대전략가 태종무열대왕의 사위 부마가 되시었다는 것이오^^

근데 아픔도 모두 엄청나게 매우 컸죠
태종무열대왕의 눈에 넣어도 안 아플 두 따님이 모두 전장에서 전사
하거나 부군을 잃은 것이예요
요석공주님의 부군은 기록에는 이상할 정도로 전혀 안나오지만
지금의 연구자들은 김흠운 장군을 부군으로 대체로 보고있죠
나도 충분히 동의를 하지만
그러나 분명 반드시 여러 군데서 나와야할 기록이 전혀 안나오므로
참고로만 하고
이런 가정사 개인사 문제는 매우 신중을 기해야한다고 보죠
학문적으로 여러 가능성을 추정하는 것은 가능하다고 보죠
이건 유교하고도 관련이 있죠

원효 대사가 개인의 일신영달만을 위해 혼인을 한 것은 아니고
계를 넘어서 다 국가와 불교를 위한 것이죠
정토종을 창종하고 원효무애종으로 발전시켜서
불교를 흥법시키려면 황실의 후원이 매우 필요하고

그럴려면 원효 대사가 요석공주님과의 혼인이 결정적으로 필요했죠
이는 원효 대사가 어디까지나 스스로 원해서 수립한 대전략으로 기록
되어 있죠
대왕이 요석궁 궁리를 보내어 요석궁으로 모셔라고 엄명을 내리셨죠
引入
인 입
궁리가 유교 위에서 일부러 떠밀어서 수중에 떨어지게 했죠 佯墮
양 타
궁리가 고의적으로 일부러 쓸쩍 밀자 원효 스님이 못 이기는 척 떨어
졌다는 뜻이예요
이 佯은 대왕과 원효 스님이 떨어지도록 합작해서 사전연출했다는
양
뜻이예요
대왕과 원효 스님의 사전 조율이 당연히 있었죠 짐작 정도가 아니라
백퍼요
그러니 대왕님과 원효 대사가 대전략가죠
그러니 무애의 원효 스님이시죠
그리고 요석궁으로 바로 모셔졌고 이미 요석궁과공주와도 이미 합의
되었거나 최소한 동의가 된 일이예요
부황의 엄명이니 실제는 합의니 동의니 할 것없이 명에 당연 따라야죠
궁리는 특별표창장도 받고 성과급도 챙겼을 것이예요
1계급특진도 당연하죠!
성과 있는 곳에 성과급 있다! 경영학의 철칙이죠

왜 원효 스님이 무애가를 부르고 무애무를 춰서 무애를 제창했는지
알겠죠?
화엄경이죠

화엄경의 사법계 리법계 리사무애법계 사사무애법계죠
중생이 계를 넘어서 있는 무애의 그 깊은 뜻을 알기는 엄청 어렵죠

태종무열대왕께서도 국가의 대사인 통일전쟁을 성공시킬려면
원효와 불교계와 기층민의 도움이 아주 절실하죠
卽時現今更無時節!
_{즉시　현금　갱무　시절}
모든 이해관계자들이 당시 정세를 예리하고 정확하게 판단하고
대를 위해 소를 버리고 즉각적으로 실천하여 역사에 유례없는 대성공을
거두셨죠

자루 빠진 도끼는 과부 미망인을 뜻한다고
내가 처음으로 논문에서 적시하여 특정하였죠
그러면 자루는 원효 스님이고 천주는 설총 선생으로 볼 수 있으나
그러나 이번 시의 새 연구에서는 나는 신설을 제창하여 다르게 보죠
자루 없는 도끼는 신라를 의미하고
자루는 태종무열대왕 흥무왕 김유신 성사 원효의 3각혼인대동맹을
의미하고
천주는 통일신라를 의미한다고 보죠
이 천주인 통일신라는 우리나라 역사1만년에서 찬란히 빛나죠

誰許沒柯斧? 我斫支天柱!
_{수　허　몰 가 부　　아 작 지 천주}
누가 내게 자루없는 도끼를 주겠는가?
내가 신라를 하늘기둥 천주로 만들겠다!

태종무열대왕은 이를 원효 스님이 요석공주와 혼인하여 현인을
낳겠다는 뜻으로 보았고
보통 이 현인을 설총 선생으로 보지만
나는 현인을 3각혼인동맹으로 보아서 이를 통해서 신라의 3국통일을
이루겠다는 뜻으로 새로이 보았죠
천주는 하늘을 받치는 하늘기둥인 통일신라를 뜻하는 것이죠
이 시는 매우 유현한 뜻을 품고 있죠 계속 보죠
나는 이를 원효 대사의 "天柱歌"로 이름붙이죠
　　　　　　　　　　　　천주 가
지금까지 이름이 없어서 나는 매우 아쉬웠죠

이 노래 한 편이 국사와 세계사를 바꿨죠!

근데 이 몰가부 천주가를 시경의 벌가 1-15-5 에 비교하는 수도
있는데 전연 다르죠
벌가를 볼까요?

伐柯如何리오? 匪斧不克이요
벌 가 여 하　　비 부 불 극
取妻如何리오? 匪媒不得이요
취 처 여 하　　비 매 부 득

伐柯伐柯이여! 其則不遠이요
벌 가 벌 가　　기 칙 불 원
我覯之子이니 籩豆有踐이요
아 구 지 자　　변두 유 천

도끼자루 만들려면 어떻게 하나? 폐백상자를 도끼가 이길 수 없지1
처를 얻으려면 어떻게 하나? 폐백상자를 매파가 얻는 것은 아니지2

도끼자루 만들려면, 도끼자루 만들려면! 그 법도는 가까이 있네3
내 그녀를 만나보니 변두가 잘 구비되어 있네4

여기서 제1연은 여자가 남자에게 하는 노래죠
도끼자루는 신랑감이고 도끼가 되려면 폐백상자를 가지고 어서 빨리
매파를 넣어서 중매를 해서 처를 얻으라는 여자의 은근한 구애의
노래죠
제2연은 남자가 여자에게 하는 노래죠
신랑감이 신부감을 만나 선을 보니 신부로서 변두와 같이 신부자질이
잘 갖춰져 있구나! 하고 만족감을 은근히 표시하는 소리죠

여기서 도끼자루와 도끼는 남성성을 상징하고 匪는 폐백상자로서
비
여성성으로 해석했고 변두는 대바구니와 나무그릇으로서 역시 여성
성을 상징하는데 혼인사를 상당히 은유적이지만 좀 직설적으로서
즐겁게 금방금방 알아듣기 쉽게 비유하죠 기존의 해석과는 상당히
다르죠
도끼자루 도끼와 폐백상자 대바구니와 나무그릇!
이것이 시경 국풍이죠

원효 대사의 **천주가**와는 같은 도끼자루와 도끼를 소재로 했다는
공통점은 있지만 주제와 비유는 전혀 다르죠
천주가는 표현은 알아듣기 쉽고 직설적이지만 그 은유는 상당히 어렵죠
신라를 3국통일하게 하여 천주로 만들겠다는 원대한 전략을 담고 있죠
몰가부 자루빠진 도끼는 요석공주를 뜻하기도 하지만 어려움에 처해

있는 신라를 의미하는 중의법이기도 하죠

나무를 깍아 천주를 만들겠다는 것은 3각혼인동맹을 맺어 불교계와

기층민을 합심단결시켜 통일신라를 이룩하겠다는 것인데

여기서 천주 하늘기둥은 천하를 지탱하는 것으로서

통일신라를 세계적인 국제국가로 만들겠다는 원대한 포부죠

천하국가죠!

실제 그렇게 원대한 전략이 이루어졌죠

천주가의 비밀의 한의는 여전히 쉽게 이해하기는 어렵죠?

시가 보기보다 3국에 걸친 정치종교적이고 국제정치까지 포함하고

있어서 더 하죠

1급비밀! 탑 시크릿!

그러면 시경의 상징인 가장 첫시 관저 1-1-1 를 볼까요?

關關雎鳩는 在河之洲로다　구안구안 물수리는 황하 모래톱에서 울고1,
관 관 저구 　재 하 지 주
窈窕淑女는 君子好逑로다　요조숙녀는 군자의 좋은 배필이로다2.
요조숙녀 　　군자 호 구

參差荇菜를 左右流之로다　들쑥날쑥한 마름풀을 좌우로 찾고3,
참 차 행채 　　좌우 류 지
窈窕淑女를 寤寐求之로다　요조숙녀를 자나깨나 구애하도다4.
요조숙녀 　　오매 구 지

求之不得이라 寤寐思服하여　구애해도 얻지 못하니 자나깨나 생각하고5,
구지부득 　　오매 　사복
悠哉!悠哉라! 輾轉反側하노라 아아! 아아! 밤마다 전전반측하노라6.
유 재 유 재 　　전전반측

參差荇菜를 左右采之로다　들쑥날쑥한 마름풀을 좌우로 캐고7,
　참 차 행 채　　좌우 채 지
窈窕淑女를 琴瑟友之로다　요조숙녀를 금슬을 타며 우정을 나누는도다8.
　요조숙녀　　　금슬 우 지

參差荇菜를 左右芼之로다　들쑥날쑥한 마름풀을 좌우로 가려내고9,
　참 차 행 채　　좌우 모 지
窈窕淑女를 鐘鼓樂之로다　요조숙녀를 종과 북을 치며 즐겁게 하도다10.
　요조숙녀　　　종고 락 지

이 시에서

〈구안구안 물수리는 황하 모래톱에서 울고1, 들쑥날쑥한 마름풀을
좌우로 찾고3,〉

도 성적 표현이고

〈들쑥날쑥한 마름풀을 좌우로 캐고7, 요조숙녀를 금슬을 타며 우정을
나누도다8.

들쑥날쑥한 마름풀을 좌우로 가려내고9, 요조숙녀를 종과 북을 치며
즐겁게 하도다10.〉

는 구체적인 성행위의 즐거움의 표현이고

특히 〈요조숙녀를 금슬을 타며 우정을 나누도다.8〉는 남성의 성적
즐거움이고

〈요조숙녀를 종과 북을 치며 즐겁게 하도다10.〉는 여성의 성적 즐거
움이죠

남성은 절정의 순간에 여성의 금슬소리를 원없이 듣는 것이죠

여성은 절정의 순간에 머리속에서 종소리와 북소리를 한없이 듣는
것이죠

그것이 남녀의 자연스런 사랑과 성애와 성정의 절정의 순수한 기쁨

이에요

성적절정이 또한 무아예요!

쾌락도 쾌락이지만 그 무아를 못 잊는거예요

상락아정까지는 아니라해도 그 순간은 제법무아죠

도덕 윤리 질서 엄숙 등등은 당연히 필요하지만

여기서는 인간본연의 사랑과 즐거움과 그 표현을 추구하는거예요

따라서 시경 첫시는 남녀사랑 성애 인간화합 더 나아가서 우주음양

화합이 즐겁고 기쁘고 활기차게 이루어지는 것을 표현한 시예요

또 그것을 희구하는 상징적 시예요 이 이상의 태평성대가 또 있나요?

근데 남녀사귐의 사랑과 성애와 기쁨 즐거움이 굉장히 은유적으로

표현되어 있죠?

낙이불음 애이불상이에요

그것이 시경 3백여편이 사무사인 이유예요

어때요? 시경이 첫시부터 만만찮죠?

이 시경은 공자가 채집한 시가집이예요

이 시는 한문으로 채집되어 있는데

이 시를 노래부른 기층민이 한문으로 불렀고

이 시가집의 한문을 읽을 수 있을 정도로 식자층이었을까요?

그건 엄청 상당히 힘들거예요

지금은 식자층도 더 힘들죠

지금 우리가 춘향전을 원래 고전대로 못 읽는 것이나 거의 똑 같죠

고한글문도 아니고 시경은 고한문이니 읽는 것 자체가 어렵죠

부르기는 당시 구어체로 불렀고 기록은 상당한 지식인 문사가 시적
문어체로 했을 것이고 공자가 총 편집 수정 가감삭제 정리해서 편찬한
것이 305편으로서
2천5백년 동안 원문대로 비교적 정확히 남았죠
시경의 특장점이죠
구전으로 암송된 것이 다른 판본도 엄청 많을거예요
그러나 현재 시경으로 기록된 것만 남았죠
인류의 언어기록의 한 기적이죠
우리의 아리랑도 60여곡도 넘죠
그중 한 곡인 밀양아리랑만도 100여곡의 버전을 가지고 있죠
다 합하면 엄청 나죠
지금은 많이 사라졌죠
노래도 생로병사가 있죠

시경의 시에 제목이 없는 것도 기층민의 불특정 다수가 현장에서 제목
없이 자연스레 부른 노래이기 때문이죠
그러나 문사가 정리할 때는 어떻게든 제목을 붙여야하는데 그 제목이
조금 부자연스럽죠? 어쩔 수는 없죠
지금은 제목을 제시하고 시를 짓거나 시를 지은 후 작가가 곧바로
제목을 붙이므로 이런 문제는 없죠 이 역시 큰 차이죠
그리고 뒤로 가면 이제 기득권층의 통치 노래가 조금 나오죠
시경의 역사에서 후대의 지식인들이 기득권층의 영향으로 시경을
자꾸 기득권층의 노래로 억지 해석한 것이 매우 아쉽죠 어쩔 수는
없죠

이제 그걸 다 걷어내고 편찬자 공자의 원래의 뜻을 살려 다시 번역
해석하고 연구해야죠
그러니 시경은 기층민과 기득권층의 삶의 희노애락과 고통과 자연
스런 성애 성정 그리고 그속에서의 삶의 비애 고통과 기쁨과 즐거움
사랑 그리고 불굴의 희망을 노래한 것이죠
현실과 이상!
오랜 전쟁에 시달리는 춘추시대의 현실고통을 잊고 이상을 향해 나아
가는거예요
이게 공자의 뜻이예요
공자나 유교하면 얼른 유교걸 유교보이를 떠올리는데 그게 아니예요!
시경에 있는 공자사상은 인간의 자연스런 성애 성정 성품을 적극
지지하죠
자연스런 성애의 발로와 예의를 혼돈하면 곤란하죠

도덕 예의는 시대사를 해결하기 위한 것이예요
공자시대가 이름이 춘추시대라고 하니 무슨 봄가을의 태평성대인
줄로 생각하나요?
아니예요!
그러나 춘추시대도 머리 박 터지고 피 터지는
전쟁이지만 이것도 약과이고
이제 공자 사후 더 혹독하고
간과 뇌를 땅에 바르는 전국시대가 기다리고 있죠
이제 문자 그대로 전국시대예요!!
자나깨나 전쟁만 치는 전국시대예요

왜 그렇게 장기간 땅 따먹기 전쟁에만 몰두했죠?

평화적인 도덕 윤리 예의가 그걸 해결할 수 있나요?

공자를 포함 제자백가가 그렇게 노력해도 춘추전국시대를 피할 순
없었지만

그러나 인간은 끝없는 그러한 노력으로 국난을 극복하고 우뚝히 섰죠

일본도 엄청난 전국시대를 겪었죠

아직 그걸 못 벗어나나요?

우리는 오직 평화를 사랑하는 민족으로 그런 대형 동족상잔의 장기
간의 전쟁은 거의 없었지만

그런데도 제2차세계대전과 대한독립전쟁을 수행했고

그리고 미증유의 공산주의 침략인 6.25사변을 겪었죠

다시 그런 시대가 안 오기를 더욱더 노력하고 기도할 뿐이죠

3국통일전쟁에서 신라인도 마찬가지고

천주가도 마찬가지죠

혹독한 전쟁시기에도 면면히 피어나는 인간의 순수한 시심과 사랑의
발로죠

이해가 가요?

원효 스님은 신라 帝都 帝京 서라벌에서도
          제도 제경

1급지 사찰인 고선사와 황실 원찰인 분황사에서 주석했고

마지막에는 穴寺에서 주석하다가 열반에 드셨는데
          혈 사

혈사는 바로 설총 선생의 집 옆이죠

그러니 역시 황경 안에 있고 요석궁과 국학 현재의 향교 바로 근처

일거예요 원효 스님과 설총 선생이 이제 황경인이 되셨군요

이제 다시 스님이 되셨으면 속가에서 부인과 아들과 같이 살기는 어렵고

龍脈의 정기가 모인 자리에 작은 절 혈사를 지어 최후의 수행을 하시고
<small>용맥</small>

마침내 성공의 생평을 두고 만족한 적멸에 드신 것으로 보죠

혈사의 현재 위치를 알기 어려운 것은 설씨가문의 개인적인 원찰이기
때문이라고 나는 보오

혈사도 성사 원효와 함께 적멸보궁 속으로 갔죠

원효 대사와 요석공주께서 늘 황성 황경인 서라벌에서만 사신 것은
결코 아니예요

정토무애종 수도와 연구집필과 포교를 위해 전국 천촌만락의 저자
거리를 기층민과 함께 부대끼며 다니셨죠

그 분이 원효 성사죠!

열반 후 마침내는 분황사에 소상이 모셔졌고

그러니까 황금상이 아니고 전혀 소박한 진흙상이죠

원효 스님 답죠!

아드님이시! 설총 선생이 문후를 여쭙고 나가실 때

소상이 고개를 돌려서 보았는데 이는 마음에서 마음으로 이심전심
자신의 도를 아들 설총 선생에게 전한다는 애틋한 마음을 나타내신
것이죠 顧像
<small>고 상</small>

인간적으로는 늦둥이 총명한 아들 설총 선생이 유교의 종주로 성장
하는 모습을 보고 뿌듯한 마음과 함께 어머님께 효도를 다하라는

父情의 따뜻한 마음을 담고 있었겠죠
부 정
자식사랑의 마음이야 어느 아버지와 같겠죠
이때는 설총 선생의 연세는 우리나이로 29세이니 한창 학문에 몰두
하며 이두연구에 박차를 가하고 있었겠죠

분황사에는 아주 아름답고 뜻깊은 3룡변어정이 현존하고 있는데
요석공주와 설총 선생과 같이 이 우물물을 아주 맛있게 마셨을거에요

뿐만 아니라 신라국찰인 흥륜사에서 신라불교 금당10성으로 모셔지는
대단한 영광을 누렸죠
신라불교 금당10성에는 신라통일에 원효 스님과 같이 합심단결하여
노력한
사파 혜공 혜숙 등 기층민출신의 스님을 같이 모셔서
국가와 불교에서도 그 공적을 길이 높였죠
기층민 고승은 대부분 황경주위 변두리에서 사는군요
물론 금당10성으로 다 만나셨죠
염촉 선생은 사계층인 궁중의 사인이셔서 중인 계층이기는 하나
그래도 신라 골품제하에서는 기층민에 속하죠
중인계층이 변화를 빨리 받아들이고 개혁의지가 강하죠
불교도 기층민의 선각자에게 빨리 지지를 받고 빨리 전법되고 흥법되죠
모든 종교의 전파과정에서 공통적으로 나타나지만 신라에서 잘 나타
났군요
신라가 대단히 위대한 나라죠!

사파 사복 스님의 어머니는 황경 萬善北里 마을에 사는 과부이셨는데
　　　　　　　　　　　　　　만선 북리
그러니까 南里가 아니고 北里예요 어느날 별세하셨어요
　　　　　남리　　　　　북리
사복 스님은 원효 스님을 고선사로 찾아가 말했죠
"옛날에 스님과 내가 경을 싣고 다니던 암소가 죽었네.
　같이 가서 장사지내는 것이 좋겠네."
원효 스님은 사복 스님의 집으로 가서 열반게₁를 지어올렸죠

"莫生兮! 其死也 苦!.　"태어나지 마시기를! 그 죽음이 괴롭군요!
　막 생 혜　기 사 야　고
莫死兮! 其生也 苦!"　죽지 마시기를! 그 삶이 괴롭군요!"
　막 사 혜　기 생 야　고

물론 이는 사복 스님의 모친의 생사에 관한 열반게이지만
이 괴로움은 당시 신라의 모든 어머님의 괴로움에 대한 위로이었을
것이예요
이는 더나아가서 사복 스님의 어머님께 지어올린 열반게지만
나는 원효 스님 자신의 어머니에 대한 열반게이자 자신에 대한 열반게
로도 보죠
기층민에 대한 원효 스님의 깊은 애정으로 보죠

그러자 사복 스님이 간단히 말씀하셨죠

"詞煩." "말이 번거롭네."
　사 번

그러고는 사복 스님이 다시 열반게₂를 4자로 압축하여 간명하게 지어
올렸어요

"死生苦兮!" "죽음과 삶이 모두 괴롭도다!"
<small>사생 고 혜</small>

이처럼 사복 스님의 애절한 심정은 더 하죠
생사를 사생으로 바꾸었군요
이 4자의 열반게2는 사복 스님이 지은거예요
자꾸 헷갈리는 연구자들이 많이 있군요 글을 다 안 읽어서 그런거예요

"死生苦兮!" "죽음과 삶이 모두 괴롭도다!"
<small>사생 고 혜</small>

이 역시 사복 스님이 어머니에 대한 열반게2이지만 결국은 자신에 대한 열반게이죠
두 스님은 상여를 매고 모친을 활리산 동쪽 기슭의 연화장 세계로 인도하시고
활리산이 어디죠? 명활산 동록이죠
분황사가 원래 명활산 분황사죠
그러면 생가가 있는 만선북리는 분황사 북쪽의 북천 너머 금강산 동남쪽에 있었거예요
후에 사복 스님을 기리는 도량사를 건립했는데 바로 이곳 금강산 동남쪽이기 때문이죠
사복 스님의 생가에 도량사를 건립했을 것이기 때문이죠
원효 스님은 다시 사복의 모친을 매우 높이 평가하여 열반게3를 올렸어요

"葬 智惠虎 於 智惠林 中, 不亦宜乎?"
　장　지혜호　어　지혜림　중　불　역　의　호
"깨달음의 은혜를 베푼 호랑이를 깨달음의 은혜를 베푼 숲 가운데에
장례지내는 것이 역시 마땅하지 않겠습니까?"

지혜호를 지혜림에 장례지낸다는 것도 최상의 찬사죠
지혜림은 어디일까요? 활리산 동쪽 기슭이죠 당연히 명활산 동록이죠
이는 사복 스님의 어머님에 대한 열반게 같지만 사실은 알고보면
마지막 길을 떠나가는 사복 스님에 대한 열반게를 지어 드린거예요
지혜호와 지혜림!
사복 스님에 대한 대단한 찬사죠
원효 스님은 이미 사복 스님과의 이별을 직감했죠!
사복 스님은 다시 어머니에 대한 열반게4를 지어올리셨네요

"往昔釋迦牟尼佛　"아주 옛날 석가모니불께서는
　왕석　　　석가모니불
　沙羅樹間入涅槃,　사라수 사이에서 열반에 드셨는데,
　사 라 수 간 입 열반
　于今亦有如彼者,　지금도 역시 그와 같은 분이 계시니,
　우금 역 유 여 피 자
　欲入蓮花藏界寬."　연화장 세계의 장엄함으로 돌아가시기를 바라
　욕 입 연 화 장 계 관　　옵니다."

이 열반게4는 좀더 긴데 묘소 앞에서 아득한 마음이 사모곡으로 더
간곡해진 것 같아요
사복 스님은 자신의 어머님을 부처에 비견하셨군요
다시 더할 수 없는 최상의 찬사죠
동시에 자신에 대한 열반게예요

그러면 오히려 자신을 부처에 비견하신 것인가요?

내 생각에는 반드시 그럴거예요

어머님과 함께 땅밑으로 같이 들어가서 나오지를 않았죠

이 날 사복 스님도 어머니에 대한 마지막 효도를 마치자마자 곧바로 스스로 열반에 드셔서 극락선경으로 가신거예요

그러나 충분히 애도하고 다시 오셨을거예요

기층민을 위해서죠 물론 이는 나의 가능성이죠

그 어머니는 12년간이나 말을 못하고 누워있기만 하는 아들을 훌륭한 금당10성의 스님으로 키워내셨군요

신라의 어머님이세요

12년은 어떤 세월인가요?

내가 볼 때는 12支를 상징하죠 사복 스님은 전생이 뱀과 룡, 그 모친의 전생은 소와 호랑이이기 때문이죠

12지를 거쳐서 뱀을 전생으로 하여 태어나서 훌륭한 스님이 되셨죠

사복 사파라는 이름과 12년을 누워지냈다는 것은 전생이 뱀이라는 뜻이예요

사복 스님이 신라 기층민 스님의 최고 핵심 스님이예요

어떤 업보인가요?

땅 아래 세상이 있는데 밝고 맑은 청허 속에 칠보난간이 있고 누각은 장엄한데 처음 보며 인간세상이 아니네요

사복 스님이 어머님의 시신을 업고 땅으로 같이 들어가니 땅은 합쳐지고

그러니까 사복 스님과 그 어머니께서 같이 극락세계로 열반하셨다는 뜻이예요

이렇게 극락으로 열반하셨다는 분명한 기록을 남기신 분은 신라에서는 사복 스님과 그 어머님이 대표적이죠 물론 다른 분들도 계시죠
원효 스님은 혼자 돌아왔죠
원효 스님을 홀로 두 분 모자의 열반의 증명사와 장례위원장으로 삼으셨다는거예요
그러니 사복 스님이 대단하죠
기록이 이처럼 분명한데도 지금까지는 이 내용을 전혀 이해를 못했죠
아주 대단한 내용이예요

일연 스님은 3국유사에서 사복 스님에 대한 찬을 지어올렸는데 역시 사복 스님에 대한 열반게5이며 또 그 어머니에 대한 열반게6이기도 하죠

“淵默龍眠豈等閑?   “연못에 깊이 잠든 룡을 어찌 등한시하리?
연 묵 룡 면 기 등 한
臨行一曲沒多般!   먼 길 떠나 보내는 열반게2 한 곡이 번잡하지
임 행 일 곡 몰 다 반   않군요!

“苦兮!6”生死元非苦,   “괴로움이여!6” 그러나 생사는 원래 괴로움이
고 혜   생 사 원 비 고   아니니,

華藏浮休世界寬.”   연화장의 부휴하는 세계는 장엄하구나.”
화 장 부 휴 세 계 관

일연 스님도 ““괴로움이여!6” 그러나 생사는 원래 괴로움이 아니니,” 라고 하여 사복 스님을 위로의 마음을 간곡히 나타내셨죠
여기서 “괴로움이여!6”라고 하는 것은 사복 스님을 위로하며 사복 스님에 대한 열반게5이자 동시에 사복 스님의 어머니에 대한 열반게6예요

원효 스님의 14자의 열반게[1]에 대해 사복 스님은 "死生苦兮!"로
4글자의 열반게[2]로 줄였는데 다시 일연 스님은 "苦兮![6]"로 2글자로
줄인 열반게[6]를 지어서 사복 스님을 오마쥬[5]하면서 그 모친에게
무한한 존경의 열반게[6]를 나타내었죠

사복 스님과 그 어머니는 이렇게 연화장세계 극락세계로 조금도 지체
하지 않고 미련없이 곧바로 가셨군요

불교죠!

사복 스님이 원효 스님을 찾아 왔을 때 원효 스님은 곧바로 이를
아셨을거에요!

스님과 내가 구도의 길에서 언제 다시 만나리오오?

연화장세계에서 다시 만납시다! 이제 영원한 이별의 노래군요!

여기서 나는 부휴를 극락세계의 떠있는 편안하고 안온함의 뜻으로
보았어요

일연 스님도 큰 효자였셨죠

"크게 편안하시오!"

대안 스님은 이렇게 소리치며 다함없이 기층민을 위무하셨고 희망을
주셨는데

그 이름이 금당10성에 안보이는게 나는 상당히 아쉽지만

대안 스님은 그런 것에 별로 개의치 않을거예요

대안 법사는 원효 스님과 3매경소의 知音이자 원효 스님을 국찰
황룡사 금강3매경론 강백으로 추천하신 분이죠

이로 보면 원효 스님의 환속은 환속이라해도 단순한 환속은 아니며

이는 반드시 불사를 위한 일이며 계를 떠난 일이예요

불교 교단에서 무애광여래인 아미타여래의 화신인

원효 스님의 재가거사 무애종을 인정했거나

기록에는 안나오지만 중삭 재삭 즉 재입산했을 가능성이 아주 크죠

재가거사를 신라국찰인 흥륜사에서 금당10성으로 추대하기는 매우
어렵죠

그리고 스님이 아니면서 굳이 혈사라는 절에서 열반에 드실 이유가
적죠

高仙寺비에는 誓幢 和尙이라고 했으니
　고 　선 　사　　　　서당　　　화상

더욱이 고승대덕을 뜻하는 〈和尙〉이라고 했으니
　　　　　　　　　　　　　　화상

불교계에서는 분명하게 스님으로 인정하고 자신이 주석하던 사찰
안에 큰 현창비를 세운거예요

중국 송고승전에도 "황룡사 사문 원효전" 이라고 하였으니 역시 고
승으로 높이 인정한 것이죠

국내와 국제에서 완전 고승으로 높이 받들여졌죠

이 이상의 명예가 없죠

高仙寺도 그 이름에서 보면 仙佛합일 사찰인 가능성이 크죠
　고 　선 　사　　　　　　　　선불

절이 단순 불교의 절이 아니고 仙敎의 화랑원화의 풍류도와 합일
　　　　　　　　　　　　　선교
되었을 가능성이 크죠

誓幢이라는 이름이 〈幢기에 맹세한다.〉는 뜻으로서 불교보다는
서당　　　　　　　당
화랑일 때의 이름일 가능성이 아주 높아요

물론 誓幢은 始旦처럼 신새벽을 뜻하는 이름에서 음훈역을 했군요
　　　서당　　시 단

〈誓〉는 더욱이 화랑이 주로 하는 수련이죠 임신서기석에도 나오죠
맹세한다 하느님 앞에서 맹세한다

천신교의 정통 신비주의로서는 呪文이죠 진언 염불과도 비슷하죠
맹세하는 것이 평상적으로는 제일 높은 단계죠 우리의 맹세! 서원이죠!
주문과 기도는 기적을 뜻하는데 천신교에서 사용하는 신비주의죠
불교는 기원한다는 願을 주로 사용하죠 원력인데 여기서 기원한다
하면 기도한다는 것과 거의 같은 뜻이예요

불교는 연기 업보 인연 인과를 주로 쓰기 때문에 주문 진언 기도를
많이 하면서도 교리로는 거의 내세우지 않죠 용어도 원력을 주로 쓰죠

이런 위업에는 태종무열대왕의 따님이신 요석공주님의 힘이 결정적
으로 컸다고 나는 보죠
중생들의 즉물적인 세속표현으로 하자면 황실 배경을 업고 있다는
것이죠
그러나 성사 원효는 그런 황실 배경을 업었던 안 업었든 간에
공주찬스를 썼든 안 썼든 간에
대왕의 부마로서 개인의 누릴 수 있는 개인의 모든 호의호식과 화려한
일신영달 등 애써 일군 모든 기득권을 풀잎위의 이슬처럼 버리고
기득권층이 되는 것을 전혀 포기하고
누구도 할 수 없는 오직 **정토속으로 뛰어들어가!**
속복을 입고 천촌만락의 저자거리에서 표주박을 들고 기층민과 함께
하며 기층민과 희로애락을 같이하며 기층민을 진심으로 위무하며
표주박에 무애조각을 새겨 들고 춤을 추며 노래하며 기층민과 무애를
같이 하며

현실 예토를 이상적 정토인 한국 불국토로 바꾸는 큰 업적을 이루고
길이길이 한국의 사표가 되셨죠!
그러니 꼭 무애가니 무애무니 무애행이니라고 할 것도 없어요
그것만이 오로지 성사 원효 스님의 진정한 소망이셨죠

원효 대사의 실제 배경은 태종무열대왕이셨죠
백제를 660년에 통일한 바로 1년 뒤 의상 대사와 원효 대사는
그렇게 고대하던 당 유학을 661년에 다시 떠났는데
태계무열대왕께서 바로 이 해에 붕어하셨죠
당주계에서 두 스님은 의당 돌아와야 했으나
의상 대사는 더 큰 목적을 위해 유학을 결행하였고
원효 대사는 해골물을 마시고 마침내 현실을 깨닫고 돌아오죠
오직 국가와 황실과 불교와 요석공주와 설총을 위해서죠
태종무열대왕의 유지를 받들어 일대결단을 내린 것이죠
의상 대사와 원효 스님이 서로 유지를 받들어 역할분담을 한 것으로
보죠
의상 대사는 황족 진골출신으로 대당 유학후 기득권층의 불교를
대표하고
원효 대사는 6두품 출신으로서 국내 수학후 기층민의 불교를 대표
하는 것이죠
투 트랙이죠
절묘한 업무분담이죠
그러한 노력으로 고려(전)를 그후 668년에 마침내 통일할 수 있었죠

제II부 1일법문 · 207

원효 대사가 느릅나무다리인 유교에서 한번 잘 떨어져서
공주와 혼인도 하고 총명한 아들도 낳고 애국도 하고 역사도 세우고
청사에 길이 이름을 남겼나요?
신라의 새벽을 설계하였죠
내가 생각하는 신라3국통일의 5인중 1분이예요

원효의 뜻이 으뜸 새벽인데 이 자체가 동쪽 새벽별을 보고 깨달은
부처를 상징하는 말이에요
신라 금성이죠
특히 무애광여래를 나타내죠

元 으뜸 원; 儿-총4획; [yuán]으뜸, 근본, 연호(年號)
원
【접두사】'본디·시초'의 뜻. ------● ~주인 ------● ~작자 ------●
　　　　~자재 ------● ~주민.
曉 새벽 효; 日-총16획; [xiǎo]새벽, 동틀 무렵, 밝다, 환하다, 깨닫다,
효
환히 알다(아래아한글)

元 1. 으뜸, 처음, 시초 2. 우두머리, 두목, 임금 3. 첫째, 첫째가 되는
원
해나 날 4. 기운(눈에는 보이지 않으나 5관으로 느껴지는 현상),
천지의 큰 덕, 만물을 육성하는 덕 5. 근본, 근원 6. 목, 머리 7. 백성,
인민 8. 정실, 본처 9. 연호 10. 화폐의 단위 11. 나라의 이름 12.

시간의 단위

曉 새벽 효 1. 새벽, 동틀 무렵 2. 깨닫다, 환히 알다 3. 이해하다
4. 밝다, 환하다 5. 타이르다, 일러주다 6. 사뢰다, 아뢰다 (네이버
한국한자어사전)

이처럼 우선 보면 元曉는 으뜸 새벽 첫새벽 신새벽 첫깨달음의 뜻
이죠

아명이 始旦인데 旦은 새벽을 뜻하므로 始旦은 신새벽 첫새벽이란
뜻이죠 이는 원효 스님이 첫새벽에 태어났다는 뜻이죠 아명이 새벽
이죠

또 始旦의 旦이 초하루를 뜻하므로 始旦을 元旦으로 보면 정월 초
하루 1월 1일의 새벽을 뜻하죠

이는 원효하고도 같은 의미가 될 수 있죠

이 시단이 신새벽의 뜻에 가장 가깝죠

새벽별하면 부처의 깨달음의 동쪽 새벽별이 떠오르죠

동시에 근원 새벽 밝음 깨달음의 뜻이 바로 나오죠

첫깨달음의 뜻이 바로 나오죠

첫깨달음이 바로 부처를 상징하는 말이예요

동시에 무애광여래가 또 떠오르죠

원효는 으뜸 새벽 밝음 동쪽 새벽별 동쪽 깨달음의 뜻으로서 무애광
여래를 상징하는거예요

부처가 동쪽 새벽별을 보고 깨달으셨죠

이 동쪽 새벽별은 계명성 금성이예요 루시퍼예요 대단한 별이죠

신라가 금성이죠 동경이죠 대단한 국가죠

신라가 金城이라는 뜻은 동쪽의 金星을 의미하면서 동시에 실제로
황금으로 성을 둘러 쌓았다는 뜻이죠 그만큼 성이 황금장식으로 화려
하다는 뜻이예요

이름부터가 황금을 쌓아 만든 성이예요! 신라가 한국의 황금시대죠!

원효라는 이름 자체가 신라 동국의 새벽별 부처 무애광여래를 상징
하는거예요

이는 원효 성사 자신이 무애광여래의 화신이라는 것을 선언한 이름
이예요

첫 새벽의 밝은 깨달음!

성사 원효의 이름부터가 대단하죠

원효라는 이름이 동쪽 신새벽의 뜻으로서

부처이고 무애광여래의 화신이라는 뜻이예요

서쪽의 부처와 동쪽의 원효죠!

부처의 아드님 라훌라 존자도 부처님의 불교 비밀 종지를 계승하여
부처의 10대 제자가 되셨죠

성사 원효 스님의 그 아들 薛聰 선생도 신라10현이 되고

나중 고려에서 홍유후로 추증되어서

고운 선생과 함께 2현으로서

지금도 전국 향교에서 위패가 제일 앞에 모셔지는
2종의 고려유교2후로 대단한 영광을 누리고 있죠
그리고 경주 서악서원에서 흥무왕 김유신 장군 홍유후 설총 선생
문창후 최치원 선생과 함께 1천5백년의 세월을 넘어 지금까지도
모시고 있죠
근데 알고 보면 김유신 장군의 처조카가 설총 선생이예요
영원한 불멸의 가문의 중흥이고 영광인가요?
원효 설총 선생 부자가 우리나라 불교와 유교를 꽉 잡고 있고
요석공주님도 대단히 위대한 신라의 어머니이시고 한국의 여성이죠
인생사로도 국사로도 불교사로도 종교사로도 세계사로도 매우 드문
일이예요!
일대위업이죠!

그런데 흥미있는 것은 이렇게 오래동안 신라의 정치종교사회역사의
태풍의 눈인 요석공주에 대한 기록은 전무하다는 것이오
그렇게 오래 핵심에 있는 여성인데 역사에는 육성과 생각이 한마디도
기록이 안됐어요
한 마디도 없소
기적도 없소
숨소리도 한 마디 없소
기대했던 화랑세기에도 이름조차, 비슷한 단서조차도 아예 안나오죠
물론 현전 화랑세기에는 더러 빠진 부분이 있으니까 그럴 수 있다면
있지만 그럴 가능성은 거의 없어요
무슨 일이오?

그림자 내조만 했나요?

미실궁주와 완전 대조적인 신라여성의 전형이예요

그녀의 목소리와 행적과 동정은 왜 한마디도 채록과 묘사가 안되고

모두가 하나같이 대동단결하여 꽁꽁 다 덮어버렸나요?

이 무삼 일이오?

역사의 수수께끼로서도 특급중의 특급이예요

그래서 더 신기하고 신비한 여성이죠

사실 이 모든 학설들은 내가 최초로 연구해서 알아낸 것이예요

근데 이걸 또 표절하는 사람들이 많아요

표절이 하도 횡행하는데 원래의 내 뜻과도 다 틀리죠

반드시 무관용이죠

특히 어떤 자들은 지들 짧은 생각에 내 학설이 좋다 싶으면 곧바로

표절을 하고 지들 좁은 소견에 안좋다 싶으면 곧바로 인용을 해서

까대며 쾌재를 부르며 좋아 죽죠

참으로 표절 밖에 할 줄 모르는 기회주의자들의 야비한 인간본성

이군요!

인생극장이죠!

돈 주고 극장 안가도 뭐 구경거리는 널널하죠

뭐 때문에 연구자를 하는지 알 수가 없군요

원효 스님과 요석공주님과 설총 선생님께서 결코 용서하시지 않을

거예요!

표절자와 표절자를 비호하거나 방관하는 자와 사문난적들 모두는

천벌을 받아 당사자뿐만 아니라 자손 대대로 모두 무간지옥에 빠져서
반드시 지옥의 영벌의 불길 속에서 이를 갈며 후회한다!
즐건하루^^
20230815화

9
백의 묘현
나를 빛으로! 법을 빛으로!
1일법문-9회차예요 벌써!!
자등명 법등명, 이는 묘현도 했는 다 아는 말이예요
나는 현대에 맞게 설명의 강조상 약간 의역을 먼저 하였어요 이해
바라요
그러나 실제 알고 실천이 주요하죠

건강이 젤 주요하오
채식 생식 비건 1일1식 오후불식 단식 기 기공 단전호흡 복식호흡
선 수맥 풍수 오메가3 비타민 영양제 뭐뭐뭐 다 주요하지만
뭣 보다 육식이 주요하오 밥은 물론이고
물론 적당히가 주요하죠
그래서 화랑원화는 살생유택이예요
수도도 힘이 있어야 하고 먹는찜으로 하는거예요
내 역시 현재 그것이 젤 당면과제예요^^

원효 대사는 출가하면서 경산시의 자기 생가를 희사하여 초개사 절을

만들었죠

초개사는 원효와 같은 뜻이예요

부처가 불법을 처음 열었다는 뜻과 중의법으로 보죠

그리고 자신이 탄생한 사라수 옆에 사라사를 만들었고

지금 제석사가 되었다고 보죠

사라쌍수가 역시 부처가 열반한 나무예요

사라수에서 원효 스님은 탄생했죠

사라수는 사라율로서 밤나무예요

부처님의 사라쌍수도 밤나무일까요?

이는 부처를 계승한 화신이 원효라는 뜻이예요

사라가 신라를 뜻하는 말이기도 하죠

부처의 아버지이신 정반왕과 어머니이신 마야 부인도

원효 스님의 아버지이신 설담날 내마와 어머니이신 조씨부인으로
비견되죠

야소다라 부인과 아들 라훌라 존자도 요석공주와 설총 선생으로
비견되죠!

이 이전에 무우수를 잡고 부처를 낳고 바로 돌아가신 어머니 마야
부인이 역시

사라수에서 원효 스님을 낳고 일찍 돌아가신 어머니 조씨부인으로
비견되는 것이죠

마야부인과 조씨부인이 태몽을 꾼 것도 비견되죠

설잉피공
정반왕　마야부인　　　설담날 내마　　조씨부인
흰코끼리　　　　　　　　유성
무우수
부처　야소다라　　　　　　원효　요석공주
깨달음 새벽별 보리수 사라수　　으뜸깨달음 첫새벽 사라수 혈사
라훌라　　　　　　　　　설총
밀교　　　　　　　　　유교

<그림2> 아미타여래의 화신이신 원효 스님 - 평행이론

축건태자 부처가 왜 그 지위를 버리고 출가를 했느냐? 에 대해서도
의문을 가지는데 나는 지해를 하죠

부처는 제왕절개수술로 태어났고 사랑하는 어머니의 생명과 자신의
생명을 맞바꾸었다는 것을 알았을 때

그 인간적 번뇌를 결코 쉽게 해결할 수는 없었고

이를 근원적으로 해결하기 위해 모든 세속 왕국의 권력과 재산과
사랑하는 부인과 아들과도 결별하고 스스럼없이 국성의 동쪽담을
넘은거예요

오직 진리를 위한

담치기죠

월장이예요

위대한 일을 한 사람 중에는 담치기한 사람이 많죠

그 모든 고뇌를 딛고 마침내 설산 6년 고행으로 깨쳐서 인류의
是我本師가 되셨죠
시 아 본사

그리고 이모인 마하파자파티께서 정반왕과 곧바로 혼인하여 부처를

키우고 마침내 불교의 첫 비구니가 되셨죠

원효 스님도 마찬가지죠
15세 때 또는 28세 때 어머니 조씨부인이 별세하셔서 엄청난 삶과 죽음의 대의단을 가져서 마침내 15세에 대의단을 갖고 출가하셨죠
나는 어머님의 죽음이 가장 큰 이유라고 보고 15세 때 출가한 것이 맞다고 보죠
15세면 신라에서는 성인이기 때문에 황룡사에 자신의 의지로 출가할 수 있었을거예요
또 출가시 자신의 생가를 희사하여 초개사로 만들 수 있었을거예요
28세면 그 당시로는 이미 혼인해서 아이도 있을 나이이기 때문에 출가하기에는 늦죠
요석공주와의 혼인을 657년으로 보면 우리나이로 41세에 혼인을 한 것이죠
스님이 된 후 25년만이죠
스님이니까 그렇지만 상당히 만혼이죠
그래서 요석공주와 설총 선생을 더 사랑했을거예요

부처와 원효 스님은 모친의 죽음이라는 같은 생의 의문을 갖고 젊은 나이에
부처는 도를 위해 위에서 밑으로 내려갔고
원효 스님은 도를 위해 밑에서 위로 올라갔죠
출생의 고뇌는 성인에게 자주 나타나는데 차후의 기회에 더 보기로 하죠

그리고 아들 설총 선생은 자신의 생가인 요석공주의 요석궁을 국학
으로 만들었는데
지금은 유교의 향교로 현존하여
현존하는 우리나라 대한민국 最古의 대학교가 되었죠
　　　　　　　　　　　　　　最고
그간 이것이 경주유가에서 설로만 아주 희미하게 남아있었고
믿는 사람은 유가나 학계나 문화계나 일반에게 전혀 없었는데
나는 3국유사에서 "今 學院 是也."라는 단 5글자의 속주를 찾아
　　　　　　　　　　　金 학원 시 야
이를 최초로 논증하여 천고의 의문을 풀었죠!
이를 내가 연구하여 최초로 논문을 써서 밝혔죠
세계에 현존하는 1천4백년 이상 된 찬란한 대학교인데
이런 대학교가 세계대학사에서 또 있나요?
세계사에서의 현존최고일지는 앞으로 더 연구해야하죠

이 국학 향교에는 역시 신라의 대형 요석궁 우물이 현재 남아있는데
원효 스님과 요석공주와 설총 선생이 아침저녁으로 달게 마셨죠

**분황사 3룡변어정과 요석궁 국학 향교의 달고 시원하고 맛있는
우물물이나**
당주계의 더러운 해골물이나 성사 원효에게는 둘이 아니죠!
해와 달은 각각 하나이나 3계의 모든 우물에 비치도다!

성사 원효께서는 이걸 깨달았죠

聖俗不2
성 속 불
眞俗一如
진 속 일여
華嚴新羅
화엄 신라
一心佛國
일심 불국
世界一花
세계 일 화

씰데없이 돌아다니지만 말고 이걸 깨달아야하죠
그러나 아무나 되는 것은 아니죠
그분들의 보시공덕이죠
나는 원효 스님을 天生師表라고 받들죠
　　　　　　　　천생　사표

나는 이 3분을 현창하려고 무척 노력하였으나 여전히 역부족이죠
다 아쉬운 일이죠
근데 어렵게어렵게 연구는 내가 다 했는데 국학 향교에서 국제대학
관련 큰 행사를 하여 노낸 사람은 따로 있죠 이런 일이 비일비재하죠
그러나 최초연구하여 진실을 밝힌 큰 보람은 항상 내가 갖고 있고^^
계속 노력해야죠

내가 저번에 말한 문제도 항상 법과 나를 갖고 판단해야하오
신론은 엄청 역사도 길고 핵심도 길어요
우리가 말하는 신은 삼신할머니 조왕신 측신 廁神 그런 신이 아니예요
　　　　　　　　　　　　　　　　측신
우주창조신을 말하는거예요
지금은 서구기독교가 신앙하는 야훼하나님을 대표적으로 말하는거예요!
새로운 신이 만만찮죠?

글구 신이 없다는 것도 이미 언제적부터의 얘기예요?

니체가 대표적이죠 "신은 죽었다." "네 운명을 사랑하라!"

버트런드 러셀 경도 유명하죠 "나는 왜 크리스챤이 아닌가?"

나는 소시적 고1때 버트런드 러셀 경의 책을 읽고 매우 놀랐고 많이 배웠는데

소시적이니까 더 그랬을 것이예요

지금도 하나의 논설로서 아주 존중하며 아직도 대단하고 유효하다고 보지만

그러나 공부하고 살고 해보면 그 역시 코끼리 비스켙에 불과하다는 것을 느끼죠

삶의 지극히 일부 단면에 불과해요

해결책이 되기는 아주 어렵죠

그 역시 관견이고 전체적으로 봐야죠

그 어떤 절대적 주의 사상 철학 종교도

나는 깊이 존중하지만 그러나 우리가 극복해야할 하나의 과제예요

니체와 버트런드 러셀 경은 다 천재죠

불교도 마찬가지예요

불교도 인류역사상 매우 훌륭한 종교이지만 그것도 다 사람이 하는 일이예요

신이 없다는 것은 부처의 기본법중의 지극히 기본법이예요

기본중의 기본이예요

부처는 신 대신에 뭘 얘기했죠

당연히 나와 법이죠

내가 법을 깨닫는 것이지 신이 깨닫는 것이 아니다
법을 깨닫고 말해라! 완벽한 깨달음을 가져라!
누가? 나가!
내가 법을 깨닫지 누가 깨닫나요?
내가 없는데 누가 법을 깨닫나요?
그러니 "법"을 완벽하게 깨달은 "나"가 오히려 부처가 제시한 신의
실상인가요?

불교는 천선교로서 자등명 법등명이죠
나를 법으로 하라!
서구기독교는 천신교로서 신등명 법등명이죠
신을 법으로 하라!

그런데 여기서 일체유심조를 이해해야죠
우주1체3계만물은 "나"의 마음이 창조한 것이느니라!
그러면 서구기독교와 뭐가 차이죠?
심과 신, 2획차이죠
그러나 그 차이는 하늘만큼 땅만큼 큰 차이죠

참 대단한 천상천하유"아"독존의 시대를 열었고
천축과 지축을 뒤흔든 인축의 일대 사자후죠
그러나 다 완벽한 깨달음을 가진 후의 과제죠

서구에서는 소크라테스가 말했죠

"너 자신을 알라!"
이 말과 거의 같은 말이예요
"오직 너 자신을 깨달아라!"
근데 사람들이 지금에 와서는 소크라테스 성인의 말씀의 뜻을 모르고 고마움도 전혀 모르고 엉뚱한 소리만 해대죠
서구에서 최초에 인간을 알라! 라고 해주신 분이오
신을 알려고 하지말고 인간을 알아라!
노래 삼아 테스 형 테스 형이라고 할 분이 아니요!
전세계 철학교수의 아버지요
서구인간철학의 아버지죠
그런데 서구기독교가 워낙 왕성하기 때문에 지금은 그렇죠
그러니까 소크라테스 성인과 예수 신인은 완전 극과 극이란 말이죠
그러나 다르고 같은 점이 있는데 異同 그것은
                    이동
소크라테스 성인은 인간을 알라! 하다가 사약을 마시고 사형 당하셨고
예수 신인은 신을 믿으라! 하다가 십자가에 매달려 사형 당하셨죠
출발한 길은 다르지만 다 진리를 찾아서 인간을 위한 같은 길을 가신 거예요
다 위대한 삶이죠!

글구 힌두교의 3신도 있죠
우리의 환인천제 환웅천황 단군왕검 3성님도 계시죠
모두 엄청나죠
이를 고찰하는 것은 어마어마한 과제죠

무속인이 뭘 못 맞춘다고 자꾸 얘기하는데
사돈 남 말하는군요
그건 그대로 인연 따라 가는거예요

우리 IMF 때는 어땠나요?
이런 질문은 나도 이미 다 했어요!
IMF가 일어난 몇년 후 내가 재직하고 있는 대학의 사회교육원에서
유명 풍수사를 초빙하여 강연을 했죠 사회인 청중이 많이도 왔어요!
그 풍수사는 풍수책도 썼고 상당히 해박한 이론도 있고 유명세도 있었죠
강연 후 질문시간에 내가 꼭 하고픈 질문을 했죠
그 질문 땜에 일부러 강연 들으러 갔나요?
"IMF가 일어나기 전 풍수사, 무속인, 역술인, 아기동자, 주역점,
명리학, 사주팔자, 신점 등등 누구를 막론하고 IMF가 일어난다는 것을
예언하거나 예측한 사람이 있나요?"
그러자 그 풍수사는 한참 생각하더니 많은 청중 앞에서 간단하게
대답했어요
"없습니다."
그러더니 자기가 쓴 책을 한권 선물로 주었어요
그런거예요
그러면 그 무속인들이 신통력이 정말로 없나요?
그런 것은 아니예요 다 한계가 있는거예요
한번도 일어나 본 일이 없는 일들은 그 분들도 알기 어렵죠
그러니 내가 합리적으로 논리적으로 이성적으로 비평을 할 수 있죠

그러면 일본에서 원자폭탄이 2발이나 터졌을 때는 어땠나요?
누가 알았나요?
어떻게 피하죠?
결론은 인력으로 안되는 일은 안된다고 생각해라!
신의 섭리를 알라!
인과를 알라!
무슨 인과죠?

이 교수님 같으면 어때요?
내 같으면 그쪽으로는 안가도록 노력하죠
난방불입이라는 성인의 말씀이 있죠

더 하실 말씀은 없으세요?
처음부터 그런 일이 안 일어나도록 노력해야죠!

더 하실 말씀 없으세요?
살아야죠!

더 하실 말씀 없으세요?
없네요!

그러면 멀리 갈 것도 없이 일본 福島 즉 후쿠시마에서 원전발전소에
해일 쓰나미가 덮쳐 그토록 첨단시설에 대형사고가 날 줄을 누가
알았나요?

이름이 복있는 섬 福島 후쿠시마인데 福島에서 이런 인류적 대형
사고가 터질 줄을 누가 알았나요?
근데 사고가 나더라도 폐기수 오염수 처리수 오염처리수 문제가
생겨서 국제적인 문제를 일으킬 줄을 또 누가 알았나요?
더욱이 실체적 물은 하나인데 이름이 도당체 몇갠가요?
노자의 가명론과 공자의 정명론이 현재적 문제죠

우리나라 IMF 전에 IMF가 일어날 수도 있다는 것을 말한 사람은
내가 본 바로는 딱 1사람 있기는 있었어요 물론 예언이나 예측이라고
하기는 어렵고 이렇게 하면 IMF가 일어난다는 설명이었지요 이미
그런 사례가 국제적으로 있었으니까요
물론 그 정도도 그 당시로는 나도 놀랄 정도로 대단한 선견지명이었지만
대세에는 아무런 영향도 주지 못하고 지금도 아주 묻혀 버려있죠
이는 현재 전혀 내만 기억하는거예요

미국에서 9.11사건이 터지기 한참 전에 신기하게
한국에서 풍수사가 이미 이 쌍둥이 빌딩 건물이 풍수적으로 문제가
상당히 있다고 예측했어요
나도 잡지가 발행됐을 때 직접 그 글을 바로 읽어 보았어요
9.11사건이 터졌을 때 나는 그걸 다시 찾아서 복기해보고 매우 기이
하게 생각했죠
근데 그 풍수사든, 그 글을 실은 잡지사든, 그때 그 글을 읽고 잠시
심각하게 생각했던 난들 뭘 할 수 있었죠?
다 끝난 뒤에 그 잡지사가 글을 리뷰해서 다시 소개도 했지만 그게

다 무슨 소용이죠?

무아라서 내가 없다고 자꾸 강변하는데 그런 소리하는 사람도 지금
까지 아주 많아서 새고 샜죠
그러나 그러면 앞에서 말한 부처의 최초의 고고의 오도1성을 보죠

"天上天下　唯我獨尊,　3界皆苦　我當安之."
　천상천하　　유아독존　　　계　개　고　　아　당　안　지

여기서의 "아"와 "아"는 어떻게 되죠?

왜 부처는 3계개고의 **고**를 이토록 강조했죠?
그러니까 이 고는 단순 개인의 고가 아니라 사회적 고도 넘어 우주적
고라는 뜻이예요
우주화택이죠

최후의 1성인 자등명의 "자"는 어떻게 되죠?
불교는 "아"에서 시작해서 "자"로 끝나는 철저히 인간의 종교죠
"아"는 "법" 보다 앞이에요
아가 법 보다 선행한다
결국 나를 찾아서 법을 찾는거예요

노자는 道法自然 이라고 했죠
　　　　도법　자연
공자는 從心所慾不踰矩 라고 했죠
　　　　종심소욕불유구

천선교인 佛儒道는 표현은 다르지만 결국은 같은 사상예요
桓因天帝님의 천부경은 本心本太陽昂明이라고 했죠 대단한 말씀
이죠

천신교와 서구기독교는 神이 法이죠

전혀 다르죠!

그런데 아가 없어요?

아가 없으면 법도 없죠!

그러니까 무아는 깨달은 뒤에 그렇다는거예요

그러면 여기서 지금 내가 깨달으면 여기서 지금 내가 없어지나요?

그러니까 저쪽 피안과 도계에서는 그렇다는거에요

사실 저쪽도 아니고 바로 이 자리 여기서 지금 현재 무아일거예요

내가 무아라니까 또 헷갈리죠?

바로 여기서 지금 내 마음이 무아라는걸 깨닫는거예요

실상은 그렇다는거예요

실상!

그러면 우리가 허상에 살고 있단 말예요?

그러면 실상사가 아니고 허상사를 창건해야 하나요?

그것은 아니고 그러니까 도피안하라!

그러니 차안의 이쪽과는 전혀 다른 세계가 저 건너에 있다!

그거 아니예요? 그거!

실상은 그렇다는거예요

항상 말하지만 말로 되는게 아니고 깨달아서 지혜를 가져야되는 것

이예요

방대한 8만4천대장경을 한마디로 줄이면 마음 심 1자라고 하죠
근데 마음이 뭐죠?
결국 아와 자 아니예요?
아자!
2글자예요
마음 심 1글자가 아자 2글자이요
왜 아자 2글자죠?
심은 제법의 연기속에 일어나지만
그건 결국 내가 스스로 자신이 마음을 일어나게 하는 거예요
연기가 있다해도 내가 내 마음을 못내겠다면
결국 안내는거예요
내 스스로 알미암는거예요
엄연히 자유의지도 있는거예요

경영학적으로 절충적으로 말하면 나와 법이 상호작용하는 것이죠
그래서 아자와 법이 상호작용하여 심을 일으키는거예요
결국 나와 환경의 상호작용과 환류 피드백이죠
결과가 업이죠!
마음이 아와 법 밖에 있는 것이 아니예요
그속에서 자유자재하는 것이죠
물론 법을 넘어가는 수도 있죠
그건 완전 다른 문제예요

부모님의 정자 난자하고 만나서 새 생명인 내가 탄생하는데 왜 갑자기 생뚱맞게
내가 없다는 것이예요?
부모님의 정자 난자가 합해서 서로의 생명을 계승해서 육체적으로 새 생명이 탄생하여
내가 이 우주에 나왔는데 왜 내가 없다는 것이 되나요?

부모님의 정자 난자는 왔던 곳으로 돌아가는거예요
부모님의 정자 난자는 내 생명의 엄청난 육제적 원천이고 생명도 있지만
내 영혼과 윤회하고는 결정적인 상관은 없어요
그 은혜는 백골이 되어도 잊을 수 없이 매우 고맙죠
부모님의 정신을 물려받았다고 주장하는 사람이 누가 있죠? 있기야 있겠죠
그러나 그 역시 내 정신이예요
내 윤회는 내 문제죠
부모의 업장까지 다 물려 받나요?
그럴 수도 있으나 그 역시 내 업장이죠
육체는 죽으면 백이 되어 땅으로 돌아가서 무생명체인 흙먼지가 되죠
그리고 인연에 따라 다른 사람의 흙먼지가 되기도 하죠

내가 채소를 먹고 똥을 누면 그 똥거름으로 다시 채소를 키우죠
그 채소를 다른 사람이 먹고 피가 되고 살이 되죠
근데 그 채소가 그 사람의 정신하고 무슨 상관이죠?
그 사람도 그 채소를 먹고 똥을 누죠

채소는 생명성이 있죠

똥도 생명성이 있나요?

그러나 그 생명성이 그 사람의 정신하고 무슨 상관이며

나의 정신하고 무슨 상관이죠?

나의 육체의 윤회도 주요하지만 여기서는 나의 정신 영혼의 윤회를 말하는거예요

부모님의 정자 난자도 마찬가지로 생명성은 있지만

내 정신하고는 결정적으로 상관이 없죠

정자와 난자는 내 육체를 이루는 근본이지만 내 정신과는 결정적인 관계는 없죠!

그 은혜는 백골이 되어도 잊을 수 없이 매우 고맙죠

다 업연이 있겠죠

연기!죠

윤회!죠

세계1화!죠

경영학으로 말하면 일반시스템이론이죠

운문 선사는 대답했죠

부처가 무엇입니까?

마른 똥막대기이느니라

나는 지해하죠
"부처가 마른 똥막대기면 너는 뭐이겠는가?
부처를 찾는 일은 좋으나
그건 마른 똥막대기 찾는 일과 같다.
지나간 분을 찾지만 말고
부처처럼 여기 지금 있는 너에 대해서 물어보라!"

自問自答
자문자답

나는 스스로 묻고 스스로 답한다

"나는 누구입니까?"

"나는 논문 쓰는 학자이고 논사이고 강의하는 교수이고 시를 쓰는 시인이지!"

나는 지해한다
학자가 논문 쓰고 논사가 진리를 논하고 교수가 강의하고 시인이 시를 쓰면 더 이상 바랄게 없지
영어선생이 영어 잘 하고 수학선생이 수학 잘 하고 한문선생이 한문 잘 하면 더 바랄게 없지

잘 쓰면 대가는 반드시 있게 돼있지

복잡계인가요?

카오스인가요?

카오스도 무질서 속에서 질서를 찾는다지만

학문이니까 질서를 찾을 있다고 상정하면 더 이상 무질서가 아니예요

그러니 다른 이름을 붙여야죠

불교의 연기를 모방한 이론이 복잡계예요

연기든 복잡계든 상당히 합리적인 이론이죠

그러나 나는 다르게 생각하죠

무질서 속에서 질서를 찾을 수 있다고 한다면 더 이상 무질서가 아니예요

카오스는 질서를 못 찾는 무질서 그 자체예요

카오스죠

혼돈이죠!

연기와 복잡계도 뛰어넘죠

"신은 주사위를 던지지 않는다기보다 주사위게임을 하지 않는다."

고전물리학이든 주사위게임이든 양자물리학이든 확률게임이예요

자연과학이죠!

그러나 현실은 전혀 다르죠 신은 내기를 하지 않는다!

현실은 미래에 무슨 일이 일어날지, 어떤 확률로 일어날지 알 수 없는 일들이 대부분이죠 신은 돈을 따는 것이 아니다! 비확률게임이죠

불확정성의 원리도 무슨 일이 일어날지는 아는데 확률을 모른다는 거예요 돈은 인간이 따죠 대부분은 잃죠 원효 스님도 안했죠!

무슨 일이 일어날지는 어떻게 알죠?

무슨 재주로?

그러니 현실은 무슨 일이 일어날지를 알 수가 없다는거예요

다만 과거 일어나본 일은 그래도 상정한다는거에요 그러나

확률도 모른다는거예요

결과도 모른다는거예요

그런데 확률을 안들 무슨 소용이죠? 백퍼 아니면 다같은 얘기죠

과거에 일어난 일과 그 확률을 알든지 모른다든지 하는 것이 현재

까지의 인간이 도달한 학문이죠

지나간 것은 알죠

인간은 부단한 노력으로 과거의 사상으로

미래에 일어날 수 있는 많은 사상을 알아내었죠

합리적이고 이성적이고 질서죠

그것만 해도 대단한 거예요

합리성도 있고 질서도 있고 많이 찾아내었지만

그렇지만 여전히 무질서와 질서의 몬도가네 속에서 살아가는 것이

인생사예요

그러나 인간의 예지는 지금까지 최선을 다해 헤쳐왔죠

고맙죠!

최선을 다하고 행운이 있기만을 비오!

내 역시!

그 업과 연은 풀어야하지만

내 정신이 푸는 것이죠

우리가 말하는 윤회는 정신 영혼 혼령 유식 유심의 윤회를 말하는거 예요

정자와 난자가 배양될 때 영혼이 들어가는 것이죠

이건 삼신할머니의 소관이예요

영혼이 잘 들어가라고 엉덩이를 탁 치는거고

그때 푸르스럼한 한국반점이 생기는 것이예요

아이를 점지해주죠

옛날에 남아를 점지해주기를 바랐죠

그 여신이 없어졌나요?

그 여신이 남아든 여아든 삼신할머니가 점지 안 해주면 어떻게 아이를 낳나요?

산부인과의사는 남아인지 여아인지 알려만 주죠

정신은 죽으면 하늘로 올라가 혼이 되죠

그리고 윤회해서 돌아오죠

깨달으면 안돌아오기도 하죠!

그러나 돌아 올 수도 있죠!

다 업원에 따르는 것이예요!

달마 대사가 잠시 나갔다가 결국 다른 몸에 들어갔다는 그 말이예요

그거예요, 그거!

달마 대사가 모든 선종의 아버지고 스승이예요

위대한 선사예요

아버지와 스승의 은혜를 부정하면 바로 무간지옥으로 바로 가서
당사자와 자손대대로 지옥의 영벌의 불길 속에서 이를 갈며 후회하죠
잘 가! 안 나갈께!

\-

원효 스님의 신새벽

원효 대사가 새벽에 온 까닭이 무엇입니까?

말하라!

말하라!

부처는 동쪽 성담을 넘어 동쪽 새벽별을 보고 깨달았고
달마 대법 조사는 동쪽으로 와서 태양이 되어 영겁을 빛나고
원효 스님은 신라 동쪽의 신새벽에 태어나서 으뜸 깨달음이 되어
3천대천세계를 환히 밝히네

\-

윤회가 없다는 것도 마찬가지에요
조계종의 소의경전인 금강경에는 부처님이 말씀하신 부처님의 전생이
분명하게 나와 있어요
그러면 부처가 윤회한 것이죠
근데 윤회가 부처님의 진설이 아니예요?

윤회는 부처의 진설이고 깨달으면 윤회를 벗어난다는 것이에요
그러나 다시 올 수도 있죠

경전은 말씀으로서 법이기 때문에 매우 주요하죠
그러나 종교도 창조하고 진화하고 경전도 그렇기 때문에 마지막에는
경전과 말씀에 따라 부처와 같은 깨달음을 갖는게 주요하죠
부처와 오직 같은 깨달음을 갖는 것만이 젤 주요하죠
그러기 위해서는 경전과 말씀이 주요하죠
임제할덕산방이 필요하죠?
그래도 깨닫기만 한다면 좋죠?

어떤 종교전문기자는 무아인데 어떻게 윤회를 하느냐? 하는데 바로
그거예요!
잘 생각해보세요!!!
무아인데 어떻게 윤회를 하겠어요?
무아면 당연히 윤회가 없죠 당연히!
깨달아서 무아가 되면 더 이상 윤회할 나가 없어지는 것이죠!!
나가 없는데 누가 윤회를 하죠?
당연히 안/못하죠
임제할덕산방이 필요하죠?
그래도 깨닫기만 한다면 좋죠?
윤회 안할려고 깨닫는데 왜 다시 윤회를 해요?
나는 업원에 따라 다시 윤회한다고 보기도 하죠!

남을 비평을 하든 비난을 하든 비방을 하든
"나"의 경험칙상 "법"에 의하지 않으면 오히려 더 큰 화근이 될거예요
늑대가 가면 여우가 오는 수가 있다
이제 여우를 쫓아내기 위해 또 뭘하죠?
내 말의 핵심이어요
오늘 이 도둑을 쫓아내면 내일 저 강도가 오는 수가 있다
속지마세요

개혁이 그래서 어려운거예요
겉으로 나타나는 현상은 늘 단순하게 보여도 그 뒤의 잇속 문제는
이리저리 얽혀져 손도 못 대는 수가 허다하죠
섣불리 건들면 역풍이 불고
어느 틈에 원위치하는 수가 있죠
그때는 더 혹독할 수도 있죠
근데 아무리 말을 하고 행동으로 보여줘도 마이동풍이예요
오히려 내게 온갖 욕설을 하며 달려들죠
그때는 나도 어쩔 수 없죠
폭망하겠다면 하도록 내버려 둬야지 어쩔 수 없고
뒤를 돌아볼 수도 없소
업연에 따라 가야죠
그러나 결코 개혁의 끈은 놓지 않죠
기다리죠
경전에도 문제점이 있을 있고 교단도 비리가 있을 수 있고 개인도
비리가 있을 수 있으나

문제는 문제대로 비리는 비리대로
"내"가 "법"에 의해서 판단해야하오
내 코가 석자요

불교도 돈이 필요하죠
스님도 이제 경영학을 공부해야하오
불교경영학이죠
복잡한 것 같아도 알고 보면 단순해요
요체는 비용을 줄이고 수입을 늘려야죠
글구 투명경영해야지만 원래 돈주머니가 투명경영이 어렵죠^^
그게 돈의 속성이죠^^
근데 종교가 수익사업을 해서 수익을 늘이기는 현실적으로 상당히
어렵고
禪農一體지만 지금은 禪工一體인가요?
　선　농　일체　　　　　　　　　　선　공　일체
禪工一體가 가능하나요?
　선　공　일체

비용을 항상 줄여야죠
그래서 전통적으로 스님들이 근검 절약을 신앙처럼 강조했죠
그래서 헤진 가사장삼을 입는 것을 매우 큰 덕목으로 여겼죠
신도들 앞에서도 떳떳한 구도자의 모습으로 여겼죠 당연하죠
선불교 자체가 비용이 가장 적게 드는 종교비즈니스모형을 새로이
개발한 것이죠
그것이 선불교의 최대의 장점이고 선불교가 살아남은 정치적 경제적
사회적 문화적 이유죠

선종 조계종은 지금까지 나온 인류의 가장 위대한 종교 중의 하나예요!

그러나 지금은 양상이 아주 다르죠
시대가 바뀌었죠
아무리 선불교라고 해서 수도하는 3의1발과 1평토굴만 있어서는 결코
안되죠
갈수록 어지간한 편의시설과 문화시설이 없으면 신도들이 아예 오기를
꺼려할 수 있죠
에어콘과 난방시설은 필수죠
산중 절간 화장실에도 이제는 따뜻한 물이 나와야해요
1달 전기값만해도 얼마요? 살 떨리죠
그 보다 스님도 아프면 병원 가야 하고
급여도 퇴직금도 연금도 필요하죠
불교복지도 좋지만 스님복지가 필요하죠
그래서 중벼슬이 닭벼슬 보다 못하다 하면서도
자리에 연연해 하지요
안 할 수가 없죠
주지 자리 하나에 지옥이 3천개라고 하죠
그러나 누가 해도 해야하는 일이예요
그런데 지방의 작은 절도 그런데 그러면
중앙의 저 높은 보직은 도대체 몇 개죠?
그러나 누가 해도 해야하는 일이예요
이해하죠

부처님은 일생 걸어다녀셨죠

생명을 사랑하기 때문이죠

부처님은 설법하기 전에 발을 씻고 자리에 앉으셨죠

경전에 다 나오는 내용이예요

지금 스님은 자가용을 타고 다니죠 교리에 위배되지 않죠

지금 부처처럼 걸어다니라면 말이 되겠어요?

차량구입비와 유지비가 만만찮죠 지금은 전기차가 나오죠

혁신이예요! 이제 수소차도 나오죠

창조적 파괴예요

자본주의예요!

자유민주자본주의란 창의를 바탕으로 큰 성과를 내는 사유체계인데 그럴려면 또 초기 비용과 투자가 많이들죠

투자회수률ROI도 가늠하기 어려워요

또 성과를 못내면 바로바로 문 닫죠

성직자든 소임자 스탭이든 신앙페이로 헝거리정신만으로는 안돼죠 빅3만 살아남죠

문제가 뭐죠?

전통사찰을 어떻게 전통을 지키면서 현대적 수도공간과 재미를 주는 편 시설로 탈바꿈하죠?

체계적인 경영관리가 필요하죠

아니, 재미를 없애야 수도가 되고 세속의 인생사의 고통과 환락에 공허를 느껴야 수도가 되지 가만 있어도 다 오게 돼 있다구 긍께 걱정 말라구

글쎄 그건 그렇죠!

그럼 왔을 때 좀더 효율적으로 비용을 절감하면 좋지 않을까요?

유태계 미국 경영철학자 피터 드러커 교수는 백가지 이론 보다 한가지
성과가 더 주요하다 라고 말씀하셨는데 내가 경영학을 공부하면서
가장 감명 깊게 생각하는 금언 중의 하나에요
성과는 이익이고 궁극적으로는 돈이죠
어떤 재벌의 전문경영자로서 회장이 되신 분이 신입사원연수회에서
질의응답 시에 이제 입사원서에 잉크도 안 마른 갓 신입사원의 질문을
받았죠
돈을 얼마나 많이 벌어야 합니까?
재벌회장 전문경영자는 전체 연수회에서 스스럼없이 즉시 말했죠
많이 벌어야 합니다 벌어도 엄청 많이 벌어야 합니다
그렇죠! 최고경영자의 입장에서는 돈을 벌고 벌어도 나가는 것을
생각하면 밤에 잠이 안오죠 특히 전문경영자로서는 실적을 내야죠
그러니 더하죠
미사려구로 좋은 말을 할 틈이 없죠
그러면 불교는 이익과 돈과 관련이 없다 고 강변하겠죠
불교에서도 이익을 자주 말했어요

의상 대사의 법성게에서는 말하죠

衆生隨器得利益
중생 수 기 득 이익

그러면 지장전 마지막 네번째 주련에서는 항상 말하죠

利益人天無量事
이익 인천 무량 사

그 이익은 무슨 이익인가요?
오직 도의 이익인가요?
돈의 이익도 있겠지요?
복도 있겠지요?

그런데 공자는 다르게 말씀했죠
정의에 입각하지 않은 이익과 권력은 내게는 뜬구름과 같은 것이다
내가 가장 좋아하는 금언 중에 하나예요

아성 맹자는 최고권력자인 梁 惠王에게 말씀했죠
          양   혜왕

혜왕께서는 하필 왜 이익을 말씀하시나요? 오직 인의가 있을 따름입니다
孟子對曰 王何必曰利 亦有仁義而已矣
맹자 대 왈 왕 하필 왈 리 역 유 인의 이 이 의

역시 내가 가장 좋아하는 금언 중에 하나예요
근데 이래가 공자나 맹자가 최고권력자들에게 중용이 되겠어요?
우물에 가서 숭늉 찾는 일보다 더 어렵죠
택도 없죠
그렇지만 그건 그분들에게는 별로 관심이 없는 문제죠
입에 맞는 떡이 있겠어요?
중용이 되는 것도 주요하지만 어떤 자신의 뜻을 펴느냐? 가 더 주요하죠
그래서 공자 맹자죠

대단한 성인과 아성이죠

그래서 스님들도 이제 이판사판 공히 불교경영학을 공부하고 불교
경영전문대학원이나
불교최고경영자과정을 꼭 필수로 하기를 바라죠
근데 이 과정은 아직 없으니까 이제 개발해야죠

애플사의 스티브 잡스 회장이 인도 명상철학과 일본 선에 깊이 심취하여
아이폰을 만들 때 선의 미니멀리즘을 채택하여 아주 단순하고 조작
하기 쉽게 만들고 디자인도 아주 심플하게 한 것으로 유명하죠
禪을 경영학에 도입하여 이익을 내는 이론으로 개발할 수 있나요?
선
내가 이를 禪경영학으로 이름 붙이고 이론을 개발하면 좋겠죠
선
원력과 희망사항이 너무 큰가요?

진리가 너희를 자유롭게 하리라! 예수말씀

나를 빛으로! 법을 빛으로! 부처말씀

진리가 나를 자유롭게 하리라!
진리가 오직 나를 빛나게 하리라! 나의 해석

성인의 말씀을 내가 너무 같게 해석했나요?
그러니 각자 좋은 말씀을 찾아야죠
글구 가능한 것을 하나하나 실천해야죠

원효 대사의 1심화쟁사상은 좋죠
1신강충 성통공완 재세리화 홍익인간경영사상도 다 좋죠!
그러나 원효 스님이 그렇게 몸을 던졌을 때
비로소 대자유대자재인의 도인이 되는거예요
나는 실천 원효 스님을 한국의 부처라고 보죠
아미타불의 화신으로 보죠

다 좋은데 내 공부는 내가 해야한다!
내 강의는 내가 해야한다!
내 논문은 내가 쓰야한다!
내 도는 내가 깨달아야한다!
내 코가 석자다!

그리고 내가 동심파괴한게 있나요?
너그러이 이해해주삼^^
묘현이 내 보다 더 잘 알거예요
모든 것보다 다양한 소리는 항상 필요하죠^^
어떤 소리도 경청하고 항상 감사하죠^^

이게 내가 지난 36년간 교수로서 연구한 학문이예요
물론 지금도 계속하죠
이렇게 논문심사하면 의뢰가 다시 오겠어요?
그래도 오면 해주죠^^
부드럽게 할 때도 있지만 위에처럼 하면 과연 재구매할까요?

내 같으면?
어디에도 할 데가 없으면 꼭 막판에 내게 오죠^^
지금까지 늘 그래 왔듯이^^
기도해주면 나는 좋죠
좋으면 다 좋죠
인과법칙이죠^^
즐건하루^^
20230816수

10
백의 묘현
1일법문-10회차 이제 일단 마감할까요
올은 아침에 나올 때 날씨가 흐려 우산도 갖고 나왔는데 그런데 다 와서 문득 버스 창밖를 보니 두 아주머니가 우산을 쓰고 가더라고요
그래서 아주 아쉬워했죠 다왔는데 이슬비가 아주 조금씩 내려서 금강 계단 문은 열리지 않았어요
그래서 아쉬운 마음을 달래며 대웅전에서 참배를 하고 지금 1일법문 10회차예요
원래 깨닫지 않은 사람은 상단법문을 못/안하는 것이 불가의 불문율 이고 철칙이어요
다만 나는 학문적 입장에서 성찰하는거예요
그러니까 지혜종사로서 내 나름의 소임을 다하기 위해 법문을 학문적 으로 살펴보는군요
시로 쓴 법문이예요

지해종사라고해서 불교를 백과사전처럼 많이 알고 박학다식하다는
뜻만이 아니고
지해가 수도의 큰 방편이예요
뭘 알아야 면장을 하죠
모르는 사람은 얼마나 답답하겠어요?
물론 이것만이 최고라기 보다 다 인연따라 가는 것이고
깨달음의 정상에서 만나는 것이예요
대도무문이죠

나는 내가 공이나 무를 본 것은 아니라는 것을 기회가 있을 때 항상
밝히죠
뿐만아니라 종교와 불교에서 가정상담사도 필요해요
가정상담사자격"쯩"이 있으면 좋죠 그러면 쯩이 꼭 있어야하나요?
그러나 무엇보다 자신이 알고 그게 맞게 잘 처신해야죠
또 동심파괴인가요?

나는 누가 뭐를 비판하든 그 자체는 상관 안해요
그러나 나와 법에 있다는 것은 논문심사하듯이 늘 논평하는 거예요

깨달았으면 얼른 선사를 찾아가 인가를 받아야죠
오도송을 쓰세요
인가부터 받고 하세요
절차대로 하세요
전법게는 받으셨나요?

선방의 수좌들은 조용한데 빈 깡통들이 더 시끄럽죠
외도가 나오려나요?
인가부터 받고 하세요
오도송을 내놓으세요
전법게를 보여주세요
안 그러면 조용히 계세요

너가 없다는데 너의 깨달음은 어디 있나요?
누가 누구와 거량해요?
자기 자신부터 거량하세요!
내 도의 무게는 얼마인가?
자체평가부터 하세요

부처의 깨달음이 뭐죠?
역관이예요
그러니 선동만 하려고 하지 말고 그 시간에 역관을 한번 해보세요
내가 없어져서 역관할 것도 없이 무아가 되어버렸나요?
지금 현재 무아예요?

깨달았으면
자신의 공안을 제시하세요!
자신의 화두를 내보이세요!
자신의 활구를 내놓으세요!
남 보고 내놓으라고 하지말고 유체이탈하지말고 자신부터 실천하세요!

설도인과 설기자가 만나서 설만 푸면 되나요?

어떤 스님은 자기가 학벌이 없어서 성철 스님과 다른 스님이 계를 주지 않았고 성철 스님이 서울대 나온 사람만 계를 주었는데 지금 불문에 남아 있는 사람은 아무도 없다고 했죠
그러면서 성철 스님의 맞상좌 천제 스님도 학벌이 없다고 했죠
무슨 말인지 스스로 이해를 하나요?
내가 제창한 원인연기를 한번 해보죠 원인을 찾아 쭉 올라가거나 내려가보세요 복기죠
그게 학벌만의 문제인가요?

성철 스님이 종정예하가 되셨을 때 맞상좌 천제 스님이 간곡하게 청하였죠
"저도 해인사 주지를 한번 하고 싶습니다."
그러나 성철 스님이 간곡하게 곤란하다고 하셨죠
"봐라, 네가 주지 자격이 충분히 되고 내가 시켜주면 지금 당장이라도 되지만
 그러나 당장 다른 사람들이 뭐라 카겠노, 다 지 제자라고 시키고, 성철 스님도 결국 자기 제자를 챙긴다고 하지 않겠나? 그러니 곤란 하다."
그래서 아쉬운 마음을 거두고 천제 스님도 곧 승복을 하셨죠
이건 천제 스님이 나중에 스스로 말씀한거예요
그러니 대단한 스승이고 제자죠

나도 교수를 하면서 신임 후임교수로 서울대 나오고 미국박사가 오면 좋죠

그래서 내가 28년간 정규교수를 하는 동안 실제로 그런 학벌이 지원한 사람이 딱 1사람 있었고 나는 내심 괜찮다고 생각했지만 다른 학부 교수들은 모두 다 반대했죠

그러나 당시 총장이 서울대 공대를 나온 사람이었는데 다른 학부 교수의 반대를 무릅쓰고 기어이 뽑았죠

그런데 그 교수가 강의도 강의지만 7년동안 논문을 1편도 못 썼다고 소문이 자자하게 났죠

못 쓰도 어떻게 그렇게 못 쓰죠?

그 못 쓴 논문은 내 같은 사람이 밤을 새워 눈이 아프도록 새빠지게 채워줘야하죠

그러나 감사한 마음을 1초라도 갖나요?

오히려 패거리 지어서 적반하장으로 달려들죠

완전 교폐죠!

보통 외국에서 써서 갖고 온 박사 논문을 잘라서 최소한 3~4편 슬라이스 논문을 쓰는 것이 관행이죠

잘하면 5편도 쓰죠

국내박사논문도 마찬가지죠

그 외도 무슨 수를 쓰던 다 써오죠

약탈적 논문이라고요? 무슨 말인지 너무 어려워요

너무 못 알아듣는 문자 쓰지 말고

그만큼 논문과 저서가 어려워요

그러고 그 담부터는 진짜 자기 실력이 나와야죠

그때부터가 사실 교수의 시작이에요
그래서 5 + 5년 한 10년하고 나면 슬슬 연구와 교수생활이 공소하게
보이죠

나의 고교 은사님이 계셨는데
이 분이 오래 전에 그때는 한창 날리던 철학과를 나왔는데
교사 재직 중 수필가로 정식 등단하여 수필도 쓰고
당시 한창 발행이 유행하던 지역 신문에 수필과 칼럼도 연재하며
지역에서 문필을 날렸죠
졸업 한참 후 내가 지역 서점에 가보니 수많은 책이 빼곡이 꽂혀있는
서가에서
눈이 번쩍 뜨이는 등표지 제목이 퍼뜩 눈에 들어왔죠
무슨 제목이냐고요?
그 놀라운 책은 이름하여 다음과 같았죠
"신의 원죄"
나는 세계적인 문명비평가 또는 종교철학자가 쓴 책인가? 싶어서 얼른
책을 빼내서 저자를 보았는데
바로 그 고교은사님이셨죠
아! 철학과! 참 대단하죠
아마 필생의 화두였는 것 같았어요
철학하면 데칸쇼 아니겠소?
참 대단한 기개였어요!

그후 또 얼마간의 세월이 지난후 저녁에 지인이 약속한 다방을 찾아

갔다가

뜻밖에 우연히 은사님을 뵈었죠

나는 반가워 인사를 드리고 근황을 물었죠

"잘 지내세요?"

"응, 잘 지내."

"요즘도 글 쓰세요?"

"으응, 요즘은 잘 안써,

써달라고 원고청탁이 오면 써주지만 굳이 내가 써서 실어달라고는

안해.

내가 글을 써서 발표해도 세상이 바꿔지지도 않고 말이야."

은사님과 헤어져 돌아오면서 슬며시 웃음이 났죠

文士가 그렇지!
문사

세상을 바꿀려면 권력자라야죠!

근데 "신의 원죄"를 책제목으로 하는 문사를 어느 권력자가 가까이

붙여 주겠소?

첨부터 그쪽과는 가까이 하기에는 너무 먼 당신 아니겠소?

철학과죠!

물론 가까이 하는 교수도 있소

그러나 그건 당신은 모르실거야! 이거죠

아무튼 교수가 권력을 가까이 하면 권력을 얻을 수는 혹 있으나

학문은 잃죠

얻는 것이 있으면 잃는 것이 있고 잃는 것이 있으면 얻는 것이 있다

그런 차원이 아니라 그 순간 딱 교수가 아닌 것이요

철칙이죠

교수도 마찬가지죠
국내든 외국이든 처음 박사학위를 받고 교수로 임용이 되면 하늘을 다가졌다는 기개를 가지고 세상을 한번 바꿔보겠다는 굳은 결의를 다지고 세상 모르고 열심히 뛰죠
근데 한 10년 하면 벌써 공소해지고 논문이고 교수고 세상도 그저 그렇게 보이죠
벌써 권태기가 오죠
이제 지사 교수에서 생활자 교수가 되죠
천없는 교수라도 자기도 모르게 직업 교수가 될 수 있어요
이게 젤 무섭죠

공자가 자로 선생을 보고 이미 말씀했죠
"권태기를 갖지 말라."
대단한 공자죠

이렇게 안될려면 성인의 말씀을 많이 읽고
권태기가 온다는 것을 미리 알고 철저히 대비해야하오
유비무환이죠
교수가 되도록 누가 가르쳐주는 사람도 전혀 없으니 스스로 깨쳐야죠
지금 내 논문시를 읽고 이해하는 사람은 그나마 다행인가요?

그 은사님은 참으로 순수한 분이었어요

그 분은 그후 뜻한 바 있었든지 뜻밖에 문화단체장에 출마를 했어요

그해 문화단체장은 3명이 직선제로 출마하여 보기 드물게 뜨거운 선거전을 치뤘죠

그때 어떤 문화행사장을 갔는데 은사님은 나를 한 쪽으로 불러서 말했어요

"어이, 이 교수, 이번에 꼭 지지해줘, 상대 경쟁자들이 나를 술을 좋아하고 오입이나 하고 돌아다닌다는데 그거 아니야! 다른 누구보다 문화계인사를 이 교수가 지지해 줘야지, 이 교수만 믿어!"

나는 은사님이 술을 좋아한다는 것은 어느정도 알고 있었지만, 그래 봐야 맥주 정도고 사회에서는 아주 별 것도 아닌데, 근데 오입은 듣니 처음이었죠

그럴 분도 아니고 선거가 참 침소봉대해서 마타도어 흑색선전으로 사람을 못 살게 하는구나! 싶었죠

술이야, 오입이야 상대들이 절대 더했으면 더 했지 결코 덜하지도 않은데 말이죠 누가 누구에게 할 쇼리! 덮어놓고 막 던져대면 누가 속아도 속겠지 인 모양인데 사회인들은 이해관계가 없는 사람 빼놓고는 아무도 안 속죠

근데 은사님은 선거판에서 갑자기 그런 희한한 공격을 대놓고 받으니 굳이 안해도 될 말까지 내한테 했죠 생각밖의 공격 받으니 어쩔 줄 모르는 것이죠

고교은사님으로서 명예퇴임까지 하신 분인데 생각밖에 참 여리고 순수한 분이셨죠

이건 그저 코끼리 비스켙이고 이 말고도 그해 선거는 문화계선거인데도

엄청난 모함들이 난무했죠

근데 세상은 참 이상한게 가장 큰 모함을 받은 사람이 당선이 됐죠

그러니까 선두주자가 가장 큰 모함을 받는 집중타켙이 되나봐요

엄청난 모함을 받고 있다고요? 아마 큰 인물인가 봐요

근데 선거도 한번 나가 봐요

근데 꼭 권하지는 않아요

나는 다른 교수의 보통집단지성이 대단하다고 다시 한번 느꼈죠

안 보고 감을 다 잡았죠

나는 전혀 감을 못 잡았죠 학벌만 보고 오히려 뽑도록 은근히 길도 열어줬죠

박사학위나 박사논문과는 아무 관계없는 다 허위경력이예요

그래서 나는 내가 생각해봐도 둔한 것같다 고 생각하기도 하죠 자성인가요? 자체평가인가요? 자평이요?

인간을 몰라도 너무 몰랐나요?

철들어야 하나요?

근데 철드는게 좋은건가요?

내가 너무 세상 모르고 미친 듯이 연구만 하고 칠랑팔랑 즐겁게 교수 했나요?

난 세상 모르고 살았나요?

그런데 세상을 꼭 알아야 하나요?

나는 말하죠

백가지 학벌보다 한가지 성과가 주요하다!

나는 제자들에게 사회 나가면 학벌도 아주 주요하지만 너희가 성과를
내라!
성과를 내고 말하라! 고 거듭 강조를 하죠
학벌이 낮은데 거대하고 촘촘히 짜여진 학벌의 사회망 속에서 어떻게
성과를 내죠?
그러니까 원효 스님을 보라!

명문대 나온 사람들이 국가와 국민을 위해 좋은 성과를 많이 냈죠
그 부분은 항상 고맙게 생각하고 높이 평가하지만
근데 성과를 못 내고 소수지만 국폐를 끼치는 사람이 있으면 안돼죠
경주 돌이라고 다 옥돌은 아니죠
스스로 판단 해야죠
교수묵기 논문묵기 강의묵기 학생지도묵기가 아니면 스스로 판단해야죠
잘 할 수 있는 것도 많은데 왜 하필 못하는 것을 붙들고 민폐를
끼치는지?
머리 좋은 사람이 항용 지 일은 안하고 뒤에서 다른 사람을 이용하고
조종하려고 하는게 문제죠
헛머리 굴리는거죠
헛머리 굴리면 버틸 수 있는 줄 알아요 사회가 맑아지면 갈수록 안되죠
成人이 스스로 판단 해야죠
성인
그러나 그걸 판단 못하니 늘 문제가 되는 것이요
항상 아쉽죠

문제는 지방대에서 외국박사나 학벌좋은 사람이 오면 쌍수를 들고

환영하여 영순위로 뽑아주는데

문제는 오면 발령장 잉크가 마르기도 전에 다 튀버리고 없죠

먹튀요?

내가 최고 빨리 도망가는 사람을 보면 채 1학기하기도 전에 빠져나가 버리고 없죠

첫 1학기하면서 성적도 내기 전에 날라버리죠

발령 받고 딱 오면 그 순간부터 젤 먼저 하는 일이 신문만 보나요?

어디 갈 데 없나? 하고 교수채용광고부터 뒤지나요?

문제는 주위에서도 지인이라는 사람들이 항상 부추키죠

"어디 딴데 안갑니까?" 하는 소리를 나도 정규교수 명예교수 29년 하고 퇴직한 후에도 지금도 계속 듣죠 귀에 못이 박히나요? 왜 꼭 어딜 가야하죠? 내 과제를 찾아 있을 만하면 있고 갈 만하면 가는 것이죠

"니는 거 계속 있을라 카나?" 하는 기이한 소리도 들었죠

하지만 나는 일편단심 열심히 하며 계속 있었죠

결국 완전 타의로 나오게 됐지만 그러나 내 연구를 계속 이어가고 있는데 결국 연구도 해 본 교수가 하는거예요

대학교수도 이런데 일반회사는 어떻겠어요?

왜 그렇게 주위에서 지 일 아니라고 무책임하게 선동질을 해대는지?

다 망상이죠

가는거는 항상 축하하죠

남 잘 되는 일은 항상 축하하죠

근데 문제는 가면서도 전 직장이나 동료교수를 좋게 얘기 안하고

학생들을 선동하고는 발이 안보이도록 잽싸게 튀버리는거예요 자기 알리바이인가요?

핑계도 저열한 핑계예요

지 낯짝에 침 뱉기죠

전 대학에서 학생과장 그러니까 학생처장 보직에 해당하는 보직도 하고 대우도 받고 경력도 쌓았는데 그걸 디딤돌로 해서 곧바로 날라버렸죠 그리고는 학생들에게 그 대학은 보석을 돌로 만드는 대학이다 라고 개뻥을 쳐댔죠

그러면 누가 만들었나요? 지는 안 만들고 재단만 만들었나요?

지 낯짝에 침 뱉기죠

정당한 비판은 경청해야죠 근데 보직만 따 먹고는 곧바로 토끼면서 뒤에서 학생을 선동하고 날라버리면 되나요?

어떤 인간은 바로 옆방 동료교수를 아침저녁 얼굴 마주치며 반가운 척 해놓고는 학생들에게 저 교수는 재단에서 낙하산 타고 왔다고 말도 안되는 이상한 모함 다 해대고는 말 한마디 없이 날라버렸죠

사립대에서 재단 낙하산 안 타고 내려오는 사람이 도체 있을 수나 있나요?

지들은 뭐 맨땅에 헤딩했나요?

지들이 무슨 스컹크요?

이게 제일 나쁜거에요 떠날 때는 말없이!

갈 때 가더라도 배신자는 안되죠

대학원생들 학점까지 날려놓고 튀어버리죠

그래서 재단은 학벌이 좋은 자를 뽑아도 소용없다 라는 이상한 교훈을

얻는데

결국 다 지 업보죠

이게 지방대 교수채용의 딜레마죠

인사관리로 보면 오버학력 오버스펙 오버경력인가요?

지방대만 그런가요?

정주영 회장은 북한에서 초등학교를 나오고도 세계적 재벌이 되셨고

김수한 도지사는 초등학교를 나오고도 국세청장까지 되셨죠

지관 스님은 대학총장 총무원장까지 지내셨는데 학벌은 어떤가요?

어떤 스님은 아직도 뜰앞의 잣나무로 알고 있더군요

지금은 나도 뜰앞의 측백나무가 맞다고 보죠

실제 중국여행을 해봤으면 측백나무가 맞다는걸 바로 알겠죠

시경에도 柏舟가 2번 나오고 1-3-1, 1-4-1 이를 보통 잣나무배로
백 주
번역하는데

이 역시 측백나무배로 번역하는게 맞죠

어떤 스님은 금강경의 "응무소주 이생기심"을 중국고문을 참조해서

뒤로부터 번역해서 "한 생각이 일어나거든 마땅히 그 생각에 머무르지

말라." 라고 해석해야한다고 강변하는데 과연 그게 그럴까요?

이는 그렇게 말로 해서는 아무리 해도 해결이 되지 않고 범어원문으로

근거를 가지고 해결해야하죠 학문과 비학문의 차이죠

먼저 구마라즙 스님과 현장 스님의 한문역을 보죠

"是故로 須菩提야! 諸菩薩摩訶薩이 應如是生清淨心이니 不應住色生心하며 不應住聲香味觸法生心이니 應無所住하여 而生其心이니라."(구마라즙 역, 10-6.).

"是故로 善現아! 菩薩如是都無所住 應生其心하고,
　시　고　　　선　현　　　　보살　여시　도무소주　　응　생　기심
不住於色 應生其心하고,
　부주어색　응　생　기심
不住 非色 應生其心하고,
　부주　비색　응　생　기심
不住聲香味觸法 應生其心하고,
　부주성향미촉법　응　생　기심
不住非聲香味觸法 應生其心하고,
　부주비성향미촉법　응　생　기심
都無所住 應生其心하였다."
　도무소주　응　생　기심

(현장 역, 10-6.).

이렇게 분명하게 한문번역되어 있는걸 왜 거꾸로 해석해야하죠?
이건 반드시 금강경 범어원문으로 해결해야 하오 말이 필요 없소
그래서 내가 금강경 범어원문을 찾아봤죠 10장6절

10c.) tasmāt tarhi Subhūte bodhisattvena mahāsattvenaivam apratiṣṭhitaṃ cittam utpādayitavyaṃ, yan na kvacit-pratiṣṭhitam cittam utpādayitavyam, na rūpapratiṣṭhitaṃ cittam utpādayitavyam na śabda-gandharasa spraṣṭavya-dharma-pratiṣṭhitaṃ cittam utpādayitavyam. (이기영 교수 본, 72면, 1978, 10c.).

그러면 해석을 보기로 하죠

"그러므로 수보리여, 구도자·훌륭한 사람들은 집착없는 마음을
일으키지 않으면 안 된다. 무엇인가에 집착된 마음을 일으켜서는
안 된다. 형태에 집착된 마음을 일으켜서는 안 된다. 소리나, 냄새나,
맛이나, 감촉이나, 마음의 대상에 집착된 마음을 일으켜서는 안 된다."
(이기영 교수 역, 72~3면, 1978, 10c.).

그러면 이 내용이 불교학에서 워낙 주요하므로 좀 길더라도 구마라즙
한문역을 일본연구자가 일어번역한 것을 이기영 교수의 한글번역으로
3중역으로 보죠.

"그런 까닭에 수보리여, 모든 보살마하살(菩薩摩訶薩)은 응당 이와
같이 청정한 마음을 낼 것이니, 마땅히 색(色)에 머물러서 마음을
내지 말며, 소리와 냄새와 맛과 느낌과 법에 머물러서 마음을 내지
말며, 마땅히 머무는 바 없이 그 마음을 낼지니라."(이기영 교수 3중역,
72~3면, 1978, 10c.).

어때요? 우리가 현재 보고 있는 한글번역과 구문과 해석이 완전 같죠?
신기한가요? 그러면 계속해서 범어원문역을 또 볼까요?

"그러므로 쑤부띠여, 깨달음을 향한 위대한 님은 이처럼 의존하지
않는 마음을 일으켜야 합니다. 어떠한 것에도 의존하지 않는 마음을
일으켜야 합니다. 형상에 의존하지 않고, 소리, 향기, 맛, 감촉, 사물
에도 의존하지 않는 마음을 일으켜야 합니다." (전재성 회장 역,
pp.84~5, 2003; 2011, 10-5.).

"Therefore then, Subhūti, the Bodhisattva, the great being, should produce an unsupported thought, i.e. a thought which is nowhere supported, a thought unsupported by material form, sounds, smells, tastes, touchables or mind-objects." (전재성 회장 역, pp.282~3, 2003; 2011, 10-5.).

범어원문이 기존의 한문역 해석과 한글역 해석과 구문과 그 뜻이 완전 일치하죠
이건 불교의 핵심사상이기 때문에 어떤 스님처럼 엉뚱하게 거꾸로 말하면 큰일 나죠
내가 분명하게 알기 쉽게 가장 간명하게 해석하죠

색성향미촉법에 의존하지말고 네 마음을 내라!

이 말씀이예요! 매우 놀랍죠!!
이로써 내가 만고의 의문을 해결했죠!
이게 불교예요
핵심진리예요
이를 조금 알기 쉽게 현대역을 하죠

색성향미촉법의 외부의 자극을 받아서 마음을 내지 말고 네 청정한 본연의 내부의 마음을 내라!

불교죠!

그래서 見性이 아니고 現性이라는 말이 나오죠
_{견성}　　　　　_{현성}

그러니까 외부의 자극에 반응하여 네 변화무쌍한 네 마음을 줄이는 始覺을 내어,
_{시각}

네 내부의 본연의 청정무구한 본 마음 本覺 을 내라는 것이죠!!!
_{본각}

角乘 本始2覺!!
_{각 승　본시　각}

角乘이 1乘이예요!
_{각 승　승}

1乘本始2覺!!
_{승　본시　각}

이게 여래장이예요

불성이죠!

초발심변정각!

말씀은 다 어려우나 다 비슷한 기제예요

그래서 불교는 대자유대자재대장부예요
타 종교와 다른 당당한 독립독존독능이예요
부처의 위대한 깨우침과 교설을 계승한 원효 스님의 위대한 가르침이예요

지금까지 색성향미촉법을 빼놓고 "응무소주 이생기심" 문장만 강조하여 단장취의했기 때문에 뜻을 명확하게 이해하지 못한 것 같으나 전체문장으로 보면 혼동될 게 별로 없어요

내 전공인 경영학으로 설명하면 외부의 자극S에 끄달리지말고 네 내부의 마음O을 찾아내어 고요히 수도하여 깨달음B을 나타내면 그러면 청정한 본 마음을 가진 무상무심무아 상락아정이 되고 지상

선경 공C이 되어 이 세상은 극락정토불국토 세계1화를 이룰 것이다!

경영학의 S-O-B-C모형이죠
└ F ┘

이로써 내가 만고의 의문을 해결하는 모형을 구체적으로 제시하였죠

저 하늘 위에서 기러기가 물위로 날라가도 수면은 전혀 동요되지 않으니
기러기가 날라가도 그걸 보고 흔들리는 마음을 내지 말라!
지나가고 나면 그림자도 없느니라

어인 일로 서풍은 임야를 흔드는가?　　　何事西風動林野?
　　　　　　　　　　　　　　　　　　하사　서풍　동　임야
한 마리 외로운 기러기 긴 하늘에 울고 가네.　一聲寒雁淚長天.
　　　　　　　　　　　　　　　　　　일성　한　안　루　장천
　　　　　　　　- 야부, (전재성 회장 역, pp.84~5, 2003; 2011.)

자극에 의존하지 않고 어떻게 마음을 내죠?
마음을 따라가지 말고 마음 안으로 들어가라!
근데 그것이 부처의 근본종지예요
보통 불교쪽에서 불교를 자력신앙, 타종교를 타력신앙이라고 하는데
그것도 맞지만 그 보다 불교는 네 마음 속의 보물 여의주를 찾아라는
것이죠
여의주가 여래장이죠
근데 다른 성인께서도 알고보면 대부분 이와 같은 말씀을 하신 분이 많죠
외부의 자극을 끊고 내부의 참나를 찾아라!

그래서 원효 스님처럼 산수좌선이죠!
화랑원화처럼 유오산수죠!

이건 세상을 벗어나는 것이 아니라
세상 밖에서 세상 안을 찾는 일이예요!
원효 스님도 화랑원화의 풍류도의 영향을 받았죠
화랑원화의 풍류도에 불교를 창조적으로 결합해
자신의 무애종을 창종하셨죠

나는 요즘 무슨 유행처럼 무아를 주장하는 법사 교수 스님 등의 누구
에게든 물을 거예요
"무아를 주장하는 '너'는 누구냐?"
간단하죠?
당신 지금 현재 무아예요?
니가 없다매?
니는 있고 남은 없어?
무아는 부처의 큰 깨달음이고 나의 큰 관심사예요
그러나 이는 모두 깨달은 다음의 일이예요
무아를 찾지 말고 '너'를 찾으라
그러면 무아를 알 것이다
제법무아죠
제법 속의 무아죠
지금은 현재 치열한 삶을 사는 "나"가 있어요
깨닫기 전에는

제법 속의 유아죠
그래서 부처는 천상천하"유아"독존이라는 일대 사자후를 하셨죠
그 "아"는 누구죠?

천상천하"唯我"독존 ↔ 깨달음 覺 ↔ 제법無我
　유아　　　　　　　　　　각　　　　　무아
　　　↑　←　←　1체유심조　←　←　↵

<그림3> 我와 無我
　　　　　아　　무아

독존1아는 누구죠?
독능1아는 누구죠?
참나가 없다면 참나가 없다는 것이 참이라는 것을
누가 증명해주죠?
아 속의 무아를 찾고 무아 속의 아를 찾는 최대최후의 과제예요

나는 생각한다, 고로 나는 존재한다! - 데카르트

네가 생각하지 않으면 네가 존재하느냐? 안 하느냐? - 숭산행원

네가 없다고 생각하면 네가 존재하지 않는가?
뭐, 잘 모르겠다고?

그럼, 네가 없다고 하는 그 생각은 어디서 나오는가? - 나의 해석

지금 무아를 주장하는 것은 다 시대사조예요
유물론이죠
그러면 의식이든 무의식이든 종교를 부정하는 유물론의 공산주의
사상으로 가는 것이죠
의식이 없다는 것도 의식이예요
무의식도 의식이예요
주의, 사상이란 말 자체가 생각이고 의식이란 말이예요
그러니 그게 모순이죠! 가면 되겠어요? 안되겠죠!

원효 스님은 당주계에서 주무시다가 무덤속의 해골물을 마시고 퍼뜩
깨달아서 활연대오하셨죠
대표적인 오도송을 3가지를 볼까요?

"내가 부처님의 말씀을 들으니,   我聞佛言,
 3계는 오직 마음이고,   아 문 불언
                                                      三界唯心,
 만법은 오직 앎이다!   삼계 유심
                                                      萬法唯識!
 그러므로 물맛의 좋음과 나쁨은 내게 있는 것이고,   만법 유식
                                                      故知美惡在我,
 실로 물에 있는 것이 아니라는 것을 알겠다!   고 지 미악 재 아
                                                      實非水也!"
              - 종경록 961   실 비 수 야

원효 대사는 말씀하셨네 **"나는 부처님의 말씀을 이렇게 들었다!"**

"어제는 숙소가 흙방이라 일컬어서 자못 편안하더니,

오늘 밤 잠자리는 귀신고향에 의탁하는 것이니 귀신이 가득 차 있구나!

즉 마음이 생기므로 갖가지 법들도 생기고,

마음이 없어지므로 흙방과 귀신무덤이 둘이 아니라는 것을 알겠다!

또 3계는 오직 마음이고,

만법은 오직 앎이어서,

마음 밖에 법이 없으니,

어찌 따로 구하겠는가?

나는 당에 가지 않겠다!

前之寓宿謂土龕而且安,
전 지 우숙 위 토 감 이 차 안

此夜留宵鬼鄕而多崇!
차야 유소 귀 향 이 다 숭

則知心生故種種法生,
즉 지 심 생 고 종종 법 생

心滅故龕墳不二!
심 멸 고 감 분 불 이

又三界唯心
우 삼계 유심

萬法唯識,
만법 유식

心外無法
심외 무법

胡用別求?
호 용 별 구

我不入唐!"
아 불 입 당

　　- 송고승전 988

원효 대사는 말씀하셨네 **"나는 당에 가지 않겠다!"**

일대 사자후이고 깨달음의 말씀이시고 이로써 의상 대사와는 다른 길로 가셨네!

이로써 의상 대사는 대당유학파가 되셨고 원효 스님은 자각하여 스스로 국내파로 남으셨네!
원효 스님은 신라의 신이 부르셨네!
다 부처님의 섭리이네

"마음이 생긴 즉 갖가지 법이 생기고,
 마음이 없어진 즉 해골두개골물의 더러움과 샘물의 달고 시원하고
 맛있음이 둘이 아니다!
 여래대사께서 말씀하시기를, 3계는 오직 마음이라 하셨으니,
 어찌 나를 속이겠는가?

 心生則種種法生,
 심 생 즉 종종 법 생
 心滅則髑髏不二!
 심 멸 즉 촉 루 불 이
 如來大師曰三界唯心,
 여래 대사 왈 삼계 유심
 豈欺我哉?"
 기 기 아 재
         - 임간록 1107

원효 대사는 말씀하셨네 "여래대사께서 어찌 나를 속이겠는가?"
"여래대사께서 어찌 여래대사를 속이겠는가?
여래 대사를 여래 대사가 속이겠는가?
원효 대사를 과연 여래 대사가 속이시겠는가?
자신을 자신이 속이시겠는가?
원효 대사 자신이 여래 대사이시다 라는 그 뜻이예요

여기서 〈髑髏不二,〉의 해석이 주요한데 직역 해석은 〈髑〉과 〈髏〉가
       촉 루 불 이   촉   루
둘이 아니다 라고 해석해야 하는데

그러면 죽은 사람의 해골 髑과 산 사람의 두개골 髏가 둘이 아니다 라고 볼 수도 있고

다르게는 넓게 해석해서 죽은 사람의 촉루와 산 사람의 촉루가 둘이 아니다 라고 해석할 수도 있는데

나는 전체 상황을 감안하고 특히 빠른 시기의 종경록의 뜻을 채택하여 〈해골두개골물의 더러움과 샘물의 달고 시원하고 맛있음이 둘이 아니다!〉 라고 해석하였죠

그런데 문장 자체로 보면 〈種種 法生.〉과 〈髑髏〉가 둘이 아니다 라고 해석해도 되죠

그 어느 것이나 근본 뜻하는 바는 마찬가지죠

〈3界1心〉이고 〈本始不2〉이다!
나는 종경록에 맞춰 원뜻으로 해석하였어요

기록상 최초의 신라불교의 깨달음이고 오도송이죠!!!

엄청난 울림을 주죠

오도송은 분명하죠 "우주3계만물1체유심조!"

화엄사상이죠

이 활연대오의 완벽한 깨달음을 무궁히 발전시켜 唯我獨能의 무애종을 창종하셨죠

新羅禪이죠 元曉禪이죠 韓國禪이죠

3界1心은 교리측면이고 현실측면에서는 신라 고려 백제 3韓1統 3國1心을 말하는거에요

원효 성사의 회통불교사상이자 3국회통불교사상이죠

만고에 빛나는 찬란한 황금진리를 세우셨죠!

이렇게 칠통타파의 오도송이 나와야 얘기가 되죠

그러므로 원효 스님이 해골물을 마시고 〈마음〉깨달으신 것은 오도송과

기록상으로도 매우 분명하고 그 이후의 무애행으로 봐도 분명하죠!

해골물 마신 이 수도는 백골관 보다 더 하죠!

이 마음이 나예요!

그러니 나가 있는거죠

마음이 없는 것은 그 다음 문제예요

부처의 제법무아에는 다른 문제가 있어요

무엇보다 부처가 기층민을 사랑하는 깊은 마음에서 우러나온 것이예요

제법무아도 법을 깨닫고 난 다음의 문제예요

부처님은 말씀하셨죠

화살부터 빼라!

그 말씀이예요

부처가 꽃을 들어 시회대중에게 보였어요

그 꽃은 연꽃이라고도 보지만

나는 우담발화였으면 좋겠다 고 생각하죠

摩尼華죠! 如意華죠! 如來藏이죠! 불성이죠!

心華죠!

마음꽃 心華 를 전수하면 錦上添花죠

金華는 언제나 피어있는데 그 꽃을 언제 볼 수 있으려나요?

그런데 아무도 못 알아듣고 가섭 존자만 혼자 빙그레 미소 지었고

꽃은 내려졌죠

그 꽃은 어디에서 와서 어디로 갔습니까?
마음꽃은 어디로 갔습니까?

물이 얼음이 됐다, 수증기가 됐다, 그 성질이 공이다,
이렇게 변화성을 공성이고 공이라고 보는 사람이 많은데 그거 격외
도리가 절대 아니예요!
마음이 전기요? 불을 밝혀요?
물론 신체전류는 있죠
마음이 보이지는 않지만 존재하는 당신의 에너지요?
물론 우주에너지가 있죠
그 역시 현상계이고 본질계가 아니예요
이런 사람들이 꽤 많은데 이들 스스로가 지금까지 그들이 말해 온
지해종사예요

그 꽃이 부처의 손에 있었나요?
그 꽃이 시회대중의 눈에 있었나요?
그 꽃이 가섭 존자의 미소에 있었나요?

아니예요!!

그 꽃이 부처의 마음에 있었나요?
그 꽃이 시회대중의 마음에 있었나요?
그 꽃이 가섭 존자의 마음에 있었나요?

아니예요!!!

마음이 없는데 어떻게 꽃이 마음에 있겠어요?
心花는 어데로 갔나요?
심 화
마음에서 마음으로 전했나요?

아니예요!!

마음이 없는데 어떻게 마음에서 마음으로 전하나요?

그 꽃은 어디에서 왔고 어디로 갔고 지금 어디에 있습니까?

"- - - - - ."

공에서 와서 공으로 갔죠
오고 간 것이 아니라 그냥 공에 있는거죠

"공!"

그게 공이에요
수나!

"   ."

마음꽃이 피면 마음열매 心果는 어디에서 맺나요?
열매 맺기 위해 꽃이 피네
꽃이 핀 그 자리 그 곳에서 열매 맺네
열매 맺으면 空의 열매는 어디에 있나?

그러니까 나는 지해종사로서 말하는 것이죠
이제 깨달아야죠
나는 아직까지 깨닫지 못 한 것을 인정하고 깨닫기만을 희망합니다
나는 항상 이것을 밝힙니다
이게 깨달음의 시작이예요
이게 내 1일법문의 시작이예요

그게 선이예요

조주 스님께 수도승이 물었죠

"달마 조사께서 서쪽에서 오신 까닭은 무엇입니까?"
"뜰 앞의 측백나무이느니라."

나는 지해하죠
"내가 본 측백나무를 너도 보았느냐?"

그러면 나도 너도 공을 보았고
그 공이 부처니라.
그 공에 있으면 나도 너도 없고
그것이 무아니라.
그러니 완벽한 깨달음을 깨달아야 무아니라."

부처는 그래서 空이라고 하였고
선은 無라고 하였죠

"무!"

조주 스님께 또 수도승이 물었죠

"개에게 불성이 있습니까?"
"없느니라!"

"無!"

나는 지해하죠
"너도 무아라는데 뭐가 있나?
 너도 없는데 개에게 무슨 불성이 있는지 궁금하느냐?
 그러나 그건 네가 깨닫고 난 뒤의 일이느니라!
 궁금한건 좋으나
 너의 급선무부터 해결하세요!"

무아의 불성

"제법무아인데 일체중생실유불성이라면
 무아는 어디 있고 불성은 어디 있는가?"

 말하라!

 말하라!

 낙수물은 떨어지고   돌은 굴러가고
 로봇은 걸어가고   나는 뛰어가네

선사의 선문답을 해석한 것은 무한히 이해를 바라죠
학문적 설명을 위해 해석한 것이니 이해해 주시겠죠

조주 스님도 양해해 주시겠죠
부처님도 혜량해 주시겠죠

경청해 주셔서 감사합니다
1일법문은 일단 마쳤고 희망하시는 분은 각자 스스로 2일차 법문으로
가시면 됩니다

천주 하늘기둥

원효 스님은 천주 하늘기둥을 어디에 세웠나?

말하라!

말하라!

무애가 노래를 챗지피티가 부르고
무애무 춤을 콴텀 컴퓨터가 추고
무애행을 나비와 풀과 바람이 하는 아침천지에 노을이 선연하게 붉네

大尾
대미
20230817목12:46 통도사 대웅전에서 이강식

1일법문을 마치고 나자마자 아직 하늘은 흐리지만 이슬비도 그치고
뜻밖에 다행히 금강계단이 열렸어요 신기하군요
1일법문 10회차 일단 마지막 딱 마치니 금강계단 문이 열렸어요^^
감사한 마음으로 참배 가야겠군요 12:53
즐건하루^^
20230817목

11
백의 묘현
1일법문-회향1회 후기요
경청을 감사하오
인연이 되면 더 하겠지만 2일차 법문부터는 경청한 사람들이 각자
스스로 자기에게 하면 좋겠죠^^

도인이 쉽게 나오지 않는 세상이 말법인가요?
사문난적이 이틈에 오히려 나대는 세상이 말법인가요?
도인이 안나온다고 선사를 공격하지말고
어떤 스님이 깨달았다면 자신이 제자를 길러 깨닫게하라!
해법은 단순하죠
심플하죠!
유체이탈하지 마시오
심신이탈하지 마시오
자기가 할 수 있는 범위 내에서 얘기하시오

그러니 도인은 도를 품고 묵묵히 자신의 길을 가야하오
하늘과 시대의 섭리에 따를 뿐이오
내 공부가 필요할 따름이오
그 모두 업원복에 따라야하오

사명과 소명을 안고 내 길은 내가 가오

즐건하루^^
20230818금

12
백의 묘현
1일법문-회향2회
올은 백중기도 5일차라서 주지 스님이 직접 집전하고 독경을 해서
신도들도 아주 좋아하고 나도 큰 영광이었소^^
요사채 툇마루에 앉아 독경을 들으며 흰구름 떠가고 푸른 숲이 울울
창창한 산과 절을 깊이 바라보고 있으니 흰구름과 푸른 숲과 영축산과
통도천과 큰절도 나를 보고 있는 것 같고 선경도 이런 선경이 없구려
자연의 풍광은 통유리창틀이 없고 닦을 유리도 없소^^
틀은 자기가 만든 것이요 닦을 것은 자기 마음 밖에 없소
마음이 없다면서 무엇을 닦나요?
그렇죠! 바로 그거예요!
이제 깨닫기만 하면 되겠군요!

선불교는 마음을 닦을 것도 없고 퍼뜩 깨달으면 된다고 하죠
나의 마음이 나의 마음이 없다는 것을 깨닫나요?
내가 내가 없다는 깨닫나요?
깨닫고 보니 깨달을 것도 없다는 것을 깨닫나요?
앞서 법문 끝나고 스님의 대금연주와 보살의 회심곡도 아주 감명 깊었소

부처는 신통력을 부려 더 살 수도 있었겠죠
그러나 그 역시 자신의 업연에 따라 춘다 금세공사가 공양한 버섯죽을
먹고 적멸의 길로 가셨죠
생로병사의 이치를 자신이 몸소 스스로 보여주셨소
다음에 자신이 직접 또 온다거나 영생이니 하는 소리는 일절 하지
않았소
6년 설산 고행 끝에 쓰러져서 동네 젊은 처녀 수자타의 우유죽을 먹고
다시 살아나 마침내 인류 전대미문의 대각을 깨치셨소!
도가 시작된 죽과 열반이 시작된 죽!
대각의 죽과 적멸의 죽!
불교가 죽 2그릇에 달려 있소
죽이오!
죽!
왕자의 궁전의 산해진미도 진수성찬도 아니고 우유죽과 버섯죽 2그릇
이오
이제 적멸의 시작이죠
이제 출입이 되니 영가시식하러 가봐야겠소

그런데 수도도 좋기는 한데 매우 위험하오

고위험 고수익이오

부처의 참선이 수도에는 가장 좋은 방법이라고 하는데 좋은 그만큼 위험하오

선도 좋기는 한데 하는 순간 멋도 모르고 준비없이 과거 전생의 헬 수없는 수많은 생애의 업장이 한꺼번에 다 터지면 매우 위험하오

불교에서는 망상이라고 하는데 그 망상이 어디서 오죠?

다 자신의 전생이오

이번 생에서 잘못 생각해서 만든 업장도 엄청 나죠

업을 해원해야 되는데 더 쌓게 되죠

어떤 시인은 감방에서 참선을 혼자 하다가 정신이 혼란에 빠져 오래 고생했죠

전문용어로는 주화입마라고 하죠

나는 과거의 업장이 준비없이 압축적으로 터져서 우왕좌왕하는 걸로 보죠

다르게는 마왕과 악녀의 방해가 오는거요

다르게는 도고마성이 터진거요

이럴 때는 놀라서 더 혼란에 빠지지 말고 차분히 더 수련에 집중해야 하오

이제 시작이요!

공부하다가 마치 귀신에 덮어 씌인 것처럼 망상을 피우는 사람이 아주 많은데

망상도 셀 수 없이 종류가 다양하오

전생을 직시해야하오

그 망상을 하나하나 파노라마처럼 지나가는 것을 지켜봐야하오

기러기가 수면 위를 퍼뜩 지나가는 것을 지켜봐야하오 止이오
지

참회하고 보시하고 기도하고 업을 풀어야 하오

해원거병이오

항상 망상이 왔을 때 이게 망상이라는 것을 퍼뜩 지켜봐야 하오

이게 어렵죠!

망상이 가라 앉을 때까지 고요히 기다려야 하오 이게 참 어렵소!

망상의 끝에 세상이 보이고 길은 다시 시작이오 觀이오
관

전생의 수많은 두터운 업장을 뚫고 스스로 나가야 하오

다 자신이 숙세의 두터운 업연에서 만들고 만들어 온 문제요

깊이 진심으로 참회하고 보시하고 인욕하고 지계 등등을 해야하오

전생의 해원거병은 별다른 방법이 없소

하나하나 지켜보면서 자신이 해결해야하오 止觀雙運이오
지관 쌍운

지장경을 독송하여 업이 해원되느냐?

업이 해원될 때까지 그저 참고 참으면서 인욕의 독경을 하느냐?

그 방법 밖에 없나요?

그러나 섣불리 다른 방법을 찾다가 해원거병도 안되고 업만 더 쌓이는

수가 있소

깨우침도 망상도 중중무진이오

놀랄 건 없소

불교는 6바라밀인데 나는 모두 전생의 업장을 갚는 방법이고

새로운 선업을 쌓는 방법으로 보지요

선만 한다고 되는 것은 아니오!
선은 수도이지만 해원거병은 내가 해야하오
해원거병의 길도 제시되어 있소
길은 제시되어 있소
선사들이 길은 다 제시하셨소
감사하죠!
도인이 되려면 불교에서는 6바라밀이오!
수련의 길이오

길은 열렸으니 여기에서 길을 더 닦아야 하오
경축하오^^
1일법문-회향2회 후기요
즐건하루^^
20230820일

13
백의 묘현
1일법문-회향3회 1완

나가 없다
아가 없다
무아도 없다
윤회도 없다
청법한 적도 없다

설법한 적도 없다
설법전이 무설전이오!

初說有空人盡執,
초 설 유 공 인 진 집
後非空有衆皆捐.
후 비 공 유 중 개 연
龍宮滿藏醫方義,
용궁 만장 의방 의
鶴樹終談理未玄.
학 수 종 담 리 미 현

처음에 유와 공을 설법하니 사람들이 모든 집착을 끊었고,
후에 공도 유도 아니라고 하니 중생이 공과 유를 다버렸네.
용궁에 의사처방의 깊은 뜻이 아직도 충만히 소장되어 있으니,
학나무숲에서 마지막 법문은 마쳤으나 진리는 갈수록 현묘하네.

금강계단 주련 4폭의 선시요
해강 김규진 서도가의 글씨요
주련의 해석은 기존번역도 있으나 내가 독자적으로 했소
용궁 의사처방이 바로 부처말씀이오
용궁과 학수가 대귀를 이루고 있죠
통도사와 불교를 대표할 대단한 주련이오!
좋은 법문을 남겨주신 부처님과 스님들께 항상 감사하죠
좋은 법문은 공기와 물과 같아서 생존에 완전 필수불가결이고
값도 거의 공짜나 다름 없는데
사람들은 그 가치와 고마움을 거의 모르고 있다가
없어지면 금방 알고 또 난리죠

내 해석도 더 진화하겠죠

그래서 나의 지해선이 있는거요!

나는 이렇게 지해한다!

如是我知解!
여시 아 지 해

유 → 공 → 진공 → 묘유

아 → 무아 → 진아

<그림4> 진아

아 → 무아 → 아´

아 → 무아 → 진아 → 여래장 → 부처

<그림5> 我와 부처
아

불성이 없으면 중생도 부처도 없는거예요!

이것이 보살불교인데 다르게는 대승불교라 하죠

나한불교를 소승불교라고 하는데

나한불교와 보살불교를 사람들이 자꾸 혼동하는거예요

제행무상과 제법무아가 상락아정이요!
1체개고가 끝나면 상락아정이요!

내가 있다면 내가 없는 것이오
내가 없다는 것을 깨달을 때 내가 있는거요
이것이 불교다!

1체개고
↓ ↑
제행무상
↓ ↑   ⇆   상락아정!
제법무아
↓ ↑
열반적정

1체개고 → 제행무상 → 제법무아 → 열반적정
↑ ← ← ← 상락아정! ← ← ↓

제법무아 → 상락아정!
↑ ← ← ↓

<그림6> 4법인과 상락아정

1체개고 → 상락아정!

↑   ←   ←   ↵

락 → 고 → 락´

↑   ←   ←   ↵

고 → 아 → 락

↑   ←   ←   ↵

아 → 락

↑   ←   ↵

<그림7> 苦, 我와 樂
          고   아   락

그러면 고가 아니고 락인가요?

그렇죠! 락이 없는데 어떻게 고가 있을 수 있나요?

부처도 오도1성에서 苦와 安을 이미 말했잖아요!
                      고   안
그러면 一切皆安인가요? 一切皆樂! 一切皆淨! 인가요?
       일체 개 안   일체 개 락   일체 개 정
그렇죠! 그걸 위해 우리와 인류가 지금까지 노력해온 것 아닌가요?

어제 부자가 부자가 아니고 오늘 부자가 부자네

어제 부자는 송곳 세울 땅이라도 있었는데

오늘 부자는 송곳 세울 땅도 없네

내일 부자는 송곳조차 없네

송곳도 땅도 없으나
물질이 있든 없든 마음이 부자이어야 드디어 상락아정하네

돈이 없는데 어떻게 상락아정하죠?
가난한 이가 비굴하지 않기는 부자가 교만하지 않기보다 어렵다 공자
3살 먹은 어린애도 다 아는 일이지만 80노인도 실천하기는 어렵다!
조과 선사

한번은 절에 뜻깊은 추모제가 있어 작심하고 시간을 빼서 갔는데 쉬는
시간에 돌아보니 긴 탁자 위에 다과를 차려 놓았더군요2023 1005목
나는 장시간 목도 마르고 해서 무심코 다가가니 채 가기도 전에
건장한 보살이 큰 소리로 여기는 스님용입니다 하며 저 끝 일반인용
으로 가라고 손으로 가르키는데 갑자기 그 앞에 서 있던 덩빨 큰
처사가 무작정 완력으로 나를 밀쳐내었죠
말로 하면 되지 이게 다짜고짜 폭력까지 쓸 일이야!!
더구나 나는 요새 시국에 아는 사람이 만나서 악수를 청해도 양해를
구하고 악수도 안하는데 무데뽀로 내 몸에 함부로 손을 대서 밀쳐내니
너무 놀랬죠 시비를 초청하나요? 손님을 초청하나요?
나는 스님용이 어떤 지 궁금도 하고 내빈으로 온 일반인도 스님용을
애용하고 있어 궁금도 했죠 그러나 나는 아무 말없이 저 탁자 끝에
가서 아주 조금 일반인용을 맛만 보고 왔죠
이런 류의 평등은 이미 다 나온 얘기예요
원효 스님의 1심화쟁사상의 대의를 생각해야죠
1심화쟁사상을 이용해서도 이용 당해서도 안되겠죠

배운 것을 돌아서서 곧바로 실천하는 것이 이처럼 참으로 어렵죠
실천 원효 성사만이 힘이죠 뼈속까지 원효 사상을 실천해야죠

1完
완

즐건하루^^
20230821월

14
백의 묘현
1일법문 – 지해선 제창
나는 지해선이오^^
조사선 간화선 묵조선 정토선 염불선 무애선 신라선 한국선
------- 다 좋은데
나는 지해선과 손벽선을 제창했소^^
1일법문이 끝나면 창조가 있어야하지 않겠소?
묘현의 도움으로 여기까지 왔소
또 계속 창조할 테니 많이 도와주오

7월7석은 견우와 직녀가 까마귀까치다리를 지나 은하수를 건너가
1년에 한번 만나는 날인데 우리는 언제든지 만날 수 있어 좋아요^^

원효 성사와 요석공주를 만나러 동두천 자재암까지 갔다왔죠
그 눈 내린 한겨울 서울 위에까지 논문 쓴다고 장시간 추운 얼음길을

푹푹 빠지면서 끝도 없는 산길을 미끌어지면서 다녀왔소

원효 성사와 요석공주의 한량없는 깊은 사랑을 느꼈죠

원효 성사와 요석공주가 혼인 후 계속 황경 제도에서만 산 것은

아니예요

서울에서도 더 북쪽인 당시로는 아주 위험한 최전방 최전선인 동두천

자재암에서 수도하시면서 오래 사셨죠

글구 높은 산 산골짝 바닷가 강가 들녘 전국 어디에도 수도를 위해

거리낌 없이 주석하셨는데 그것이 전국 험지에 원효암 자재암이 있는

이유에요

요석공주님도 내조하시느라 매우 힘드셨겠죠

논문을 계속 써야죠

금강계단 주련번역이 나의 지해선이오

후에 깨달으면 공도 유도 다 내려놓아라

선불교의 핵심이오

다만 이 번역이 다 완성된 것은 아니오

차차 경지가 열리는 대로 그만큼 또 엎그렌되겠죠

반야심경은 다 공인데 마지막에 드디어 기다리고 기다리던 활구가

나오죠

진실불허!

다 공인데 진실은 불허다!!!

그렇죠!

이게 안나오면 불교가 클 나죠

아뇩다라삼먁삼보리는 공이지만 불허다!
그게 반야바라밀다심경이죠
참나는 불허다!
허는 허죠!
공은 공이죠!
그러나 진실한 허는 허가 아니예요
진실은 텅빔이 아니죠!
공을 텅빔으로 보는데 맞기는 맞죠
그러나 진실한 텅빔이죠
참된 텅빔이죠
진공이죠!
그러나 진공으로 끝나는 것이 아니고 묘한 있음이 있죠
묘유죠!
진실불허
진공묘유
진실은 충만하다
무상정등정각은 충만하다!

선학의 황금시대^^
또 돌아오겠죠?
업연원력복덕이 되면!

그때 우리 모두 까마귀까치다리를 건너 은하수 하늘에서 만나요^^
이제는 헤어지지말고 하늘 위에서 모두 만나 상락아정합시다^^

즐건하루^^
20230822화7월7석

15
백의 묘현
1일법문- 교외별전이오 회향도 끝나고 교외별전이오
교가 있었나요?
있었죠! 있으니까 교외별전이 있는 것 아니오?
교가 없으면 별전 자체가 없소
불교연기법, 그러니까 불교변증법으로 보면 교종을 극복하기 위해
선종이 나왔는데
교가 정이라면 선이 반으로서 나왔다 이말이오
이제 합으로서 새 선종이 나와야죠
근데 지금은 선을 한다고 교를 다 잊어먹었으니까
까먹도록 강요하고 사주했으니까
선이 지남을 잊고 방황을 하고
도인이 안나오는 것이오
도인이 안나오는 것은 다른 큰 문제도 있소
그럼 지금 다시 교를 해요?
아니, 그게 아니고 교를 잊었는데 어떻게 교를 해요?
교를 복원해요?
해요?
지나 간 것은 없다는 것이 불교 아니오?
그것보다 이 시대의 새 교종을 찾아야죠

근데 미래의 새 교종을 하려면 지난 교종을 봐야하는 것이 또 불교
아니요?
합이죠!
지나 간 교종을 윤회하며

화엄경이 내가 아는 바로는 새 교종 경전이오!
원효 대사가 선을 했나요? 당연히 했죠!
송고승전에는 엄연히 했다고 나와있어요
山水坐禪을 했죠! 분명하죠!
　산수　좌선
이 산수좌선은 화랑원화의 遊娛山水와 같은 명상 단전호흡법으로
　　　　　　　　　　유 오 산수
나는 추론하죠
이것이 국유현묘지도 풍류도예요
풍류도나 선불교나 다 깨달음의 종교예요!

527년 달마 대사께서 중국 양 금릉 남경으로 오셔서 선불교를 제창
하셨고
527년 염촉 사인께서 멸신 순교하여 불교를 흥법하셨죠
이 연대는 일연 스님이 기록한 바이요
이차돈 사인의 순교로 법흥왕이 불교를 공인한 것이 전혀 아니고
불교는 이미 미추왕 2년 263년에 고려의 아도 스님이 오셔서
미추왕 3년 264년에 성국공주의 병을 고치고 미추왕의 후원으로
불사를 창건하고
합법적으로 공개적으로 공식적으로 포교를 하고 있었죠
공인은 아니고 허가라면 미추왕 3년 264년에 이미 허가된 것이지만

종교는 자유이기 때문에 굳이 허가도 필요없고
이미 1년전인 263년에 고려 아도 화상이 입국하여
민간차원에서는 충분히 포교를 하고 있었죠
이건 일연 스님의 3국유사에 기록되어 있는 명백한 眞史죠!
　　　　　　　　　　　　　　　　　　　　　　　진　사

중교와 불교를 왜 믿죠?
불교는 깨닫기 위해 믿죠
그러나 기층민이 꼭 깨닫기 위해 믿는다기 보다 병을 고치기 위해 믿죠
그리고 마음병을 고치기 위해 믿는거예요
마음병은 복을 받으면 고쳐지죠
해원거병이죠!
지금은 의료과학이 발달해서 스님이나 무당이 병을 고칠 일은 그렇게
없지만
지금도 상당히 있죠 의료과학이 병을 다 고칠 수는 없기 때문이죠
기적을 믿습니까? 그러나 그것보다
마음병은 역시 종교죠 그래서 종교는 인간과 함께 하는거예요
그래서 가정상담사도 매우 해야죠 꼭 필요한 일이예요
그러나 그것이 불교는 전부는 아니지요 더 나아가야하죠
인간이 종교를 믿는 것은 길흉화복을 알기 위한 것도 많죠
불교는 물론 깨달음의 종교지만 길흉화복을 알기 위해서 믿는 신도도
많아요

원효 스님이 환속후 원효 거사가 되었을 때 호를 小性居士라고 하셨죠
　　　　　　　　　　　　　　　　　　　　　소　성　거사

소성은 "작은 佛性"의 뜻인데 이렇게 한 것은 이제 거창한 고승대덕이
아니고 작은 불성을 가진 인간거사로서 기층민에게 소박하고 낮은
자세로 다가가겠다는 선언이예요 불성이면 법성이고 법성이면 법성
종과도 관련이 있을 수 있죠

小姓이라고한 기록도 있는데 이는 마찬가지로 "작은 百姓"으로서
이제는 소박한 기층민이 되었다는 뜻이예요

또 卜性居士라고도 했죠 바로 이거죠!
그러니까 卜이 점칠 복이니까 기층민이 가장 궁금한 길흉화복을
가르쳐주고 동시에 포교도 하겠다는 원효 스님의 또 하나의 구상으로
나는 보고 있죠

길흉화복이 종교의 예측 예언의 주요한 기능이죠

신비적 측면이예요 종교는 신비가 없으면 성립하지 않죠!

그러나 이것도 환속후 거사로서 한거예요

원효 스님을 연구할 때는 이걸 항상 유념해둬야 해요

이름이 복성인데 그럼 신도의 길흉화복을 예측해주는 점을 안 쳤단
말예요?

그런 이름하고 틀리잖아요?

원효 스님이 그럴 리가 있나요?

그러니까 복을 빌어주고 점도 치는 모든 방편설법과 포교활동을
했다는거예요

점은 선불교가 아니라고 생각하나요?

기복불교는 불교가 아니라고 생각하나요?

주술은 종교가 아니라고 생각하나요?

기층민에게 어떻게 다가가죠?

뭘로 다가가죠?

기층민이 원하는 것 중에 뭘로 다가갈 수 있죠?

어떻게 포교하고 불교의 진리를 전등하죠?

종교가 다 주술이예요!

원효 스님은 산수좌선도 했지만 정토무애종이예요

원효 스님이 국찰 흥륜사에 금당10성으로 모셔졌을 때

속복을 입은 모습으로 모셔졌을까요?

나는 그럴 리는 거의 없다고 보죠

재삭 후 승복을 입은 모습으로 모셔졌을 거라고 추측하죠

지금 원효상도 모두 승복 차림이죠

그러나 속복을 입고 머리 기른 모습이 남아있었을 것이고

시문에서도 머리 기른 모습으로 묘사된 기록이 있죠

그것은 혼용이 돼서 그럴거예요

그러나 속복을 입고 머리 기른 모습으로 불교에서 금당10성으로

모셔진다는 것은 거의 상상하기 어려워요

미추왕 2년 263년에 아도 화상이 고려(전)에서 오셔서 황성 서북

마을에 살면서 포교를 하였는데 이때의 집이 엄장사가 되었죠

신라불교 첫전래지 263년의 황성 서북 엄장사예요

이 엄장사는 고려(후)의 대시인인 김극기 시인의 시에서 엄장루로

나오는데 지금 향교의 서쪽이예요

곧바로 1년뒤 264년에 미추왕의 따님이신 성국공주의 병을 치료하고

천경림에 흥륜사를 하사 받았죠

신심도 병치료에서 나오는 것이예죠
해원거병이죠

그후 꼭 264년 뒤에 법흥왕이 528년 이차돈 성사 이후 문자 그대로
국립 흥륜사를 대대적으로 재창건하고 국가차원에서 대대적으로
불교를 흥법한 것이죠
미추왕이 264년 국립 흥륜사를 초창하고 법흥왕이 527년에 기공하고
528년에 중창 재창 재창건 완공한 것이예요
다시 강조하면 미추대왕과 아도 화상이 264년에 천경림에 흥륜사를
초창하고
그후 264년이 지나서 법흥대왕과 이차돈 사인이 528년에 흥륜사를
중창한 것이예요
초창 흥륜사를 재창 흥륜사를 잇는 것이니 명분이 더욱 커서 공목
알공 대신의 반대를 무마시킬 수 있고
또 끝없이 이어가는 전등 전륜 흥륜 흥법의 의의가 더 커지는 것이죠
법흥대왕이 흥법대왕이예요! 일연 스님이 동의어반복했군요
그래서 원종흥법 염촉멸신! 이예요
이건 내가 논문으로 이미 다 발표한 것이예요!

527년에 염촉멸신하고 법흥왕이 불교를 흥법하여 국립 흥륜사를
기공하고
1년뒤인 528년에 완공하고 불교를 본격적으로 흥법하신 것이죠
원종흥법 염촉멸신!
일연 스님이 복잡한 이 사건을 단 8자로 간명하게 요약하셨죠

대귀가 기가 막히죠?
과연 일연 스님이 만고의 문재죠

법흥왕과 염촉 사인께서 불교를 **흥법**한 것이지 이른바 공인한 것이
결코 아닙니다!
공인이라는 용어 자체가 안나오는데 왜 그러죠?
공인이라는 말이 사용될 계제가 아닌데 왜 그러죠?
왜 공인이라는 말로 프레임치고 가시라이팅하고 세뇌하려고 하죠?
역사는 분명한데 왜 그러죠?
무슨 저의죠?
속지마세요

법흥왕과 염촉 사인께서 흥법한 불교는 어떤 불교죠?
그건 다방면으로 더 연구해야죠
고려 북방으로 들어온 불교와 가락 쪽으로 들어온 브라만교와 힌두교
일거예요 백제도 있죠
그리고 신라가 직수입한 중국불교 인도 힌두교 불교죠
물론 이슬람교도 있죠
신라인들이 한자 뿐만이 아니고 범어도 상당히 공부하고 사용했죠

미추왕 2년 263년 이후 369년이 지나 원효 스님이 출가한 632년 이후는
원효 스님이 충분히 선불교를 수도하셨다 고 나는 보죠
꼭 불교의 선종이 본격적으로 들어와야 참선수련을 할 수 있는게
아니죠

527년 달마 대사가 오셔서 전등하였고 5조가 선불교를 발전시켰고
6조가 이미 광주 법성사에서 풍번문답을 벌써하고 677년 39세에
선문을 드높이 세웠죠
남돈북점이 이미 시작하였죠
북선의 신수대사가 3경에 먼저 오도송을 5조 홍인 대사에게 올렸죠

身是菩提樹,　　몸은 곧 보리수요
신 시 보 제 수

心如明鏡臺.　　마음은 명경대와 같도다
심 여 명 경대

時時動拂拭,　　때때로 부지런히 털고 닦아서
시시 동 불 식

勿使惹塵埃!　　티끌과 먼지가 일어나지 않게 하라!
물 사 야　진애

신수 스님은 아직도 방안으로 들어와 자성을 보지 못했다고 5조 홍인
대사는 평했죠 그런데 이 오도송은 내가 볼 때는 내가 말한 화엄경의
점오점수를 말한 것으로 보이네요
身心이죠 몸에서 마음이죠! 북선이죠
신심

남선의 혜능 스님은 글을 몰라 글을 아는 사람을 찾아 다음의 오도
송을 적어달라 했죠
이 오도송은 돈황본 6조법보단경에는 초기 본으로 나오죠

心是菩堤樹　　마음은 보리수요,
심 시　보제수

身爲明鏡臺　　몸은 명경대라.
신 위　명경대

明鏡本淸淨　　명경은 본래 깨끗하니
명경　본 청정

何處染塵埃   어느 곳이 티끌과 먼지에 물들리오
하처 염진 애
　돈황본 6조법보단경

6조는 어디까지나 心身이죠 마음에서 몸이죠!
　　　　　　　심신
더 발전하여 마음에서 마음이죠! 남선이죠

이 본은 발굴이 늦게 되었고 그렇게 유명하게 통용되지는 않고 이미

너무나 유명해진 다음 본이 남선의 대표적 오도송이자 선시죠

菩提本無樹,   보리는 본래 보리수가 없고,
보 제 본 무 수
明鏡亦非臺.   명경 역시 명경대가 아니네.
명경 역 비 대
本來無一物,   본래 한 물건도 없으니,
본래무일물
何處惹塵埃?   어느 곳에서 티끌과 먼지를 일으키리오?
하처 야 진 애
　종조본 6조대사 법보단경 * 佛性常淸淨의 본도 있음
　　　　　　　　　　　　불성 상 청 정

나는 직역으로 했는데 직역이 아주 더 정확하군요

지금까지의 어중간한 의역은 오히려 더 헷갈렸죠

번역한 사람이 뜻을 모르고 원천적으로 헷갈리니 번역글도 헷갈리죠

그래서 나는 말하죠

마음을 번역하라! 心譯!
　　　　　　　심 역

6조의 2수의 오도송은 참으로 더 말할 나위없이 가슴에 와 닿는군요

先攻보다 後攻이 유리할 때가 있죠
선공　　　후 공
매도 먼저 맞는게 낫다! 그건 물론 그렇죠

6조의 이 오도송은 금강경의 돈오돈수를 설파한 것으로 보이는군요
그러나 혜능 스님도 오후보림을 16년간이나 했죠
그렇게 보면 사실상은 돈오점수죠

근데 왜 오도송이 계속 나오죠?
그러니까 오도송도 창조와 진화를 하는거예요
오도송도 고정된 실체로 보이는 것이 아니라 계속 발전하는 모습으로 보이죠
6조도 돈오돈수지만 그러나 평생 계속 더 성숙하는 거예요
백척간두진1보죠! 향상1로죠! 이를 절대 잊으면 안돼요
선종은 돈오돈수이지만 그를 시로 표현하는 것은 조금 다른 문제이죠
그래서 언어도단 직지인심 이심전심 불립문자죠
이를 항상 조심해야하오!

이날 3경이 되자 5조 홍인 대사는 급히 6조 혜능 스님을 방장실로 불러 금강경을 설하고 돈법을 전수하고 가사를 제수하여 법을 6조가 전수하였음을 증명하여 주셨죠
법은 3경에 전수하나요?

"내 참모습이 보고 싶으면 야반3경에 대문빗장을 만져 보거라."
경봉 스님은 이렇게 말씀하셨죠
야반3경은 다행이 세계 어느 곳이나 매일 있으니 이제 나가기만 하면 되죠
법을 깨치려면 매일 야반3경에는 안 자고 굳은 결심으로 나가야죠

도는 야반3경을 좋아하나요?
도가 열리는 자시이군요
도의 시간이군요!

원효 스님은 686년에 열반에 드셨으니 6조가 전도하고도 9년간을 동시대에 활동하셨죠
이 정도면 한중을 떠나서 어떤 불교를 하는지 서로가 다 잘 알고 있어요
저 정도 세월이면 지금은 전 세계적으로도 벌써 다 알고도 남죠
유튭 켜면 다 나오죠!
오고 가고 교류도 하고 유학도 벌써 오고가죠
그때나 지금이나 다 정보시대고 대당유학생이 벌써 다 왕래하고 있었어요
머리 좋은 대당유학생이 좋은 것은 이미 싹 다 배워와서 전파를 하죠
지금도 그렇잖아요?

내가 책을 쓰면 책은 전혀 안 사보면서도 내가 쓴 책의 내용은 몇 다리 건너서 듣고 다 아는 듯이 생각하고 있죠
외국에서도 내 논문을 다 열심히 열람하죠
근데 그 과정에서 왜곡도 심하죠
착각이지만 그러나 현실은 그렇죠!
명저가 다 그렇죠!^^

원효 스님도 북선의 신수 스님과 남선의 중국의 5조, 6조의 선불교를 이미 다 잘 알고 있죠

그 연구실천도 하고 이미 장점도 다 취했죠
그게 정토선 염불선 무애선으로 나타난 것이예요
의상 대사와 원효 스님이 화엄경에 대해 저술한 것은 북선을 연구한 때문이죠
화엄경은 북선이고 금강경은 남선이죠
화엄경은 신수 스님이고 금강경은 혜능 스님이죠

화엄경은 교의가 복잡하고 어렵고 따라서 공부하기에 시간도 걸리고 비용도 많이 들죠 기본 판본도 복수고 등장인물도 많아요 60권 80권 40권이 있는데 읽기 시작하면 또 금방이예요
그래서 의상 대사께서 초발심시변정각이라고 했어요
근데 읽기전에 준비가 조금 필요하죠
그래서 의상 대사께서 초발심시변정각이라고 했어요
금강경은 교의가 상대적으로 간명하고 쉽고 따라서 공부하기에 시간도 적게 걸리고 비용도 적게 들죠 기본 판본도 단수고 등장인물도 실제 2명이에요
그러나 이게 금강경의 큰 장점이예요 직지인심으로 바로 들어가죠 종교경전으로 탁월하죠
나도 금강경을 수행에서는 지지하죠
반야심경은 본문 260자로 아주 짧지만 교의가 훨 더 어려워서 지해하기가 난해하고 말로는 거의 설명이 안되요
불교의 핵심경이죠

난세일수록 짧고 강한 경전이나 센 수행법이 힘을 발하죠

난세가 수행하기에 가장 좋다는거예요!

선학의 황금시대가 난세였나요?

난세하면 선이죠!

인연이 딱 맞았죠!

치법시대면 교종이고 난법시대면 선종이죠!

지금 난세예요?

그러면 구도인은 지금 손뼉을 치며 아주 기뻐해야하나요?

지금 난세가 아니예요?

그러면 구도인은 다리 뻗고 울어야 하나요?

그러면 선이 제일 센 수행법이예요?

부처가 고행을 하다가 선을 하니 쉽다고 느낀 것일까요? 상대적인가요?

불교가 상대 진리 아니예요? 상대에서 절대로! 다시 상대로!

선은 성명쌍수의 어려운 수행법이예요 힘들죠 그렇죠! 당연하죠!

고위험고수익이예요!

나는 이 3경전을 다읽고 또 다른 경전을 다읽고 다 지해하느냐?

그건 아니고 계속 노력해야죠

낙수물이 바위를 뚫는다!

이번 생이 아니면 다음 생에서라도 계속한다

그게 점오점수예요!

초발심시변정각이예요^^

물론 초발심시변정각에도 문제는 있죠

맨날천날 초발심시 초발심시하다가 변정각은 언제 하죠?

초발심시는 이제 그만하면 됐고 지금부터는 제발 변정각 좀 하자!

라는 말이 안나올까요?

근데 사실 알고보면 그때 터지는 수가 많죠 늦다고 할 때가 늦은 것이 아니다

늦다고 할 때가 적시인 경우가 많죠

그역시 업연과 원력과 복덕에 따르는거예요!

불교죠!

여기서 원효 스님의 무애행도 남선의 莫行莫食과도 연관이 있죠
_{막 행 막 식}

원효 스님은 회통불교죠 그런데 화엄불교와 화엄선을 기반으로 하죠

더욱이 중국에서 千名의 스님이 유학을 와서 깨닫고 千聖을 이루었죠
_{천 명} _{천 성}

내가 볼 때 화엄학이죠

원효 스님은 순수 국내파인데 이로써 명실상부한 국제파가 되었죠

가장 지방적인 것이 가장 글로벌이다 글로칼!

지금 조계종은 화엄경과 금강경과 반야심경을 소의경전으로 삼고 있는데

금강경이 젤 강조되죠

조계종도 회통불교이지만 남선이죠

금강경이예요

나는 신수 대사와 6조 혜능 대사에게 다 감사하죠

그전에도 선교수련은 우리나라에 이미 다 있었죠

신라만 있는 것이 아니고 고려 백제에도 다 있었죠

국유현묘지도가 풍류도이고 깨달음의 종교인 仙敎에요
_{선교}

최치원 문창후 선생의 난랑비서에도 仙史라고 다 나와 있잖아요?
_{선 사}

仙史가 이미 벌써 고운 최치원 선생의 당대이전에 신라에 다 나와
_{선 사}
있어요

仙敎인 풍류도가 우리 고유의 불유도 3교 회통사상이죠
_{선교}

원효 스님의 회통사상도 풍류도에서 영향을 받았을거예요

이로써 내가 선교 풍류도와 불유도 4교를 회통하였죠!

물론 지해종으로 그렇죠

그러면 정토염불선이고 원효무애선이죠!

그럼 우주3계1심, 세계1화, 독존1아의 화엄경이 새 선종 경전이 되었죠!

지금 그렇게 되어있죠

내가 아는 바로는 교종 경전이 선종 경전으로 영입되어 간 것이죠

묘현은 무슨 말인지 알거예요

이제 포스트-선종이 나와야할 때요

선종 이후의 선종!

새 선종을 위하여!

업연과 원력과 복덕에 따라 자연히 나올거요^^

교종 정과 선종 반을 합하여 새 불교 합이 나올 것이오

이것이 불교연기법, 불교변증법이죠 정반합이예요

정반합이 원래 부처사상이예요!

반야심경은 또 말할 기회가 있으면 좋겠죠

불교의 노예, 종교의 노예에 대한 말씀은 나도 깊이 새기고
나도 안 빠지고 남도 안 빠지게 해줘야하오
가스라이팅, 세뇌를 항상 이겨내고 모든
노예주를 타파해야하오

노예주의 앞잡이가 되지말고
야합하지도 말고
부화뇌동하지도 말고
손잡지도 말고
개혁한다며 개악하여 사리사욕을 채우려 하지도 말고
속지도 말고
속이지도 말고

항상 수도하며 자신의 길을 가야하오

노예주를 결코 잊지 않으며
항상 노예주를 불쌍히 여기고
구제의 시선을 거두지 말아야 하오
무엇보다 자기자신이 노예주가 안되어야하오
노예주가 안될 자신이 있으면 도를 깨치세요

그게 구도자의 삶이오

아미타여래의 화신이시고 대자유대자재대독존 무위인인 독능자 원효 스님의 근본종지예요

좋은가요?

좋겠죠!

나는 원효 성사를 찬하죠

원효 성사 찬

계림에 만년 봄이 오니 청룡은 봉황과 함께 날라 룡의 기운 내리고 하늘기둥을 청원한 마음 허공에 세우니 3천대천 우주에 꽃비가 장엄하네
아아 미타찰혜! 미타찰혜! 아아 아미타불! 아미타불!
신라의 큰 새벽이 밝아 오니 원효 성사의 1心3界이고 3國1心이로다!

건강하고 즐건하루^^
20230823수

시-1일법문20230810목이궁식

┃ 발문 ┃

1일법문
- 원효 스님이 아미타여래의 화신이라는 변증 -

시로 쓴 법문이고 논문이고 저서이다. 새로운 형식이 얼떨떨한 사람도 있겠지만 내가 햇수로 47년간 경영학자로서, 논사로서, 36년간 교수로서 새로운 학문을 하고 새 논문을 쓰고, 이제 새 형식의 논문을 한번 구상해 보았다.

논문을 담는 새로운 그릇을 창조하는 그것이 또한 학자의 소임이 아니겠는가? 물론 기회가 되면 논문으로도 쓰겠지만 그 보다 이 시를 논문으로 보아주면 더 좋겠다.

새로운 주제의 시, 법문, 논문, 저서로 보아주면 감사하겠다. 회통 인문사회학이라고 보아주면 더 좋겠다. 자연과학까지 같이 하면 더 좋겠지만 그것은 차후의 기회로 하겠다.

이 시를 1일법문으로 이름 붙였는데 더 큰 혜량을 바란다. 시적 법문이고 시로써 학문적으로 진리를 성찰해본 것이니까, 선사, 조사님들께서도 깊이 이해해 주시기만을 바랍니다.

나는 지해선을 제창하였다. 선은 다 좋은데 너무 실참 위주로 가니 교리가 부족한 듯해서 지해로써, 이론을 갖추어 학문으로써 깨달음으로 가는 길을 정식으로 제창하였다. 즉 선을 하면서 교를 이해하는 것이 아니고 교로써 무상정등정각을 지해하면서 선도 실참하는 것이다. 즉 교리를 갖추어 이론을 충분히 다지면서 지해로써, 학문으로써 선을 하면서 깨닫고자 하는 것이다.

나는 불교를 이렇게 지해한다!

나는 또 손뼉선도 제창하였다. 지금의 참선이 靜禪이라면 손뼉선은 動禪이며 참선이 마음을 맑게 하는 것이라면 손뼉선은 몸을 건강하게 하는 간단하면서도 효과가 좋은 방법이며 염불선과도 같이 병행할 수도 있다.

이 손뼉선은 손바닥을 조용히 가볍게 두드리는 쉬운 방법을 통해 전신운동을 하여 건강을 회복할 수 있다. 앞으로 발바닥과 몸을 두드리는 등의 더 다양한 동선으로 발전시키도록 하겠다. 그러면 발뼉선도 개발해야 한다. 그리고 나는 원인연기도 제창하였다.

완벽한 깨달음과 그에 도달하는 방법을 계속 추구하겠다.

선종 이후의 선종을 찾아서!

길을 찾아서!

즐겁고 행복한 길을 계속 가겠다.

초발심시변정각이라고 의상 대사께서는 고구정녕히 말씀하시어 지남이 되어 주시고, 무애광여래, 아미타불, 아미타부처의 화신이신 원효 대사께서는 무애가와 무애무의 무애행으로써 성원하여 주신다.

나는 불교를 이렇게 깨달았다!

언젠가 이렇게 말할 그 날만을 기다리면서 나의 길은 내가 가야한다.

햇수로 47년간 경영학자로서, 논사로서, 36년간 교수로서 많은 저서와 논문을 썼고 불교관련 논문도 상당수 써왔다. 이 1일법문 시도 신나게 쓰다가 순식간에 A4 117페지에 도달하였다. 그래서 일단 마감하였다.

그간 소시적부터 절에도 자주 갔고 좋은 분들도 많이 만났고, 어려운 일도 없지는 않았지만, 그러나 그 모두 부처님의 공부이니 어쩌겠나? 다 인간사 아니겠나? 절밥도 아주 희소하지만 잘 먹었고 시주도 했지만 이 시가 그간 절밥 먹은 데에 대해 조금이나마 밥값이 되기만을 바란다. 도반과 함께

불은에 항상 감사드리며
우리 모두 언제 어디에 있던 영산회상에서 다시 만나요.

2023년 8월 26일 토

이 강식

참고문헌 주요

고선사 서당화상비, 800~8.

김부식 등, 3국사, 1145.

송고승전, 988.

이강식, 원종흥법 염촉멸신과 알공의 이국의 대의: 신라정부의 조직적
　　　의사결정과정, 경주문화논총, 제2십호, 경주: 경주문화원
　　　향토문화연구소, 1999.

이강식, 경주향교의 문화마케팅전략구축, 경주대학교 논문집, 제12집,
　　　1999.

이강식, 『화랑세기』에 기록된 화랑도조직의 3신5제조직구조, 신라학
　　　연구, 제4집, 경주: 위덕대학교 신라학연구소, 2000.

이강식, 도덕경의 경영학, 경주: 환국, 2002.

이강식, 신라 요석궁에 건립한 국학을 계승한 경주향교, 비화원, 제
　　　4호, 경주: 안강문화연구회, 2004.

이강식, 논어의 경영학, 경주: 환국, 2005.

이강식, 아도화상의 엄장사와 김극기의 엄장루: 신라불교 첫 전래지의
　　　연구, 신라문화연구, 제14집, 경주: 위덕대학교 신라문화연구
　　　센터, 2010.

이강식, 단석산의 김유신 화랑의 단석 유적과 원효대사의 척판대
　　　유적의 연구, 신라학연구, 제15집, 경주: 위덕대학교 부설
　　　신라문화산업센터, 2011.

이강식, 원효대사가 요석공주와의 결혼으로 태종무열대왕과 맺은 혼인동맹이 신라3국통일에 미친 영향, 신라학연구, 제17집, 경주: 위덕대학교 부설 신라문화산업센터, 2014.

이강식, 경영학자와 함께 열매 맺고 꽃이 피네(회고록 I), 경주: 환국, 2022.

이기영 역해, 금강경, 서울: 한국불교연구원출판부, 1978.

일연, 3국유사, 1281~3년경.

임간록, 1107.

전재성 역주, 금강경, 서울: 한국빠알리성전협회, 초판 2003, 3판 2011.

종경록, 961.

이강식 경영학자, 교수·명예교수(전), 경영학박사, 시인
李康植 經營學者, 敎授·名譽敎授(前), 經營學博士, 詩人

■ 학력

경북대학교 대학원 경영학과 졸업 경영학박사
경북대학교 대학원 경영학과 졸업 경영학석사
영남대학교 상경대학 경영학과 졸업 경영학사

■ 주요경력

경주대학교 경영학과 교수·명예교수(전).
경주대학교 경영학과 및 관광관경영학과 학과장(전).
경주대학교 교육방송국 방송주간(전).
단군학회 창립발기인(1997. 12. 12.), 부회장(전).
대한사랑 창립회원(2013. 5. 24.), 학술위원(현).
세계환단학회 창립발기인(2014. 6. 27.), 부회장(현).
대한경영학회 부회장(현), 한국인사관리학회, 한국경영사학회,
고조선단군학회 외 부회장 역임. 한국경영학회 외 영구회원.
한국자산관리공사(캠코) 선임사외이사 및 경영자문위원,
우리금융저축은행 선임사외이사 및 감사위원장 역임.
경영컨설턴트(중소벤처기업부).
도서출판 환국 대표, 출판인.
대한시문학협회 신인문학상 수상, 시인 등단(2021. 6. 26.).
대한민국 녹조근정훈장 4급 수훈(2018. 2. 28.).

1일 법문 -원효스님이 아미타여래의 화신이라는 변증- 값 20,000원. ⓒ 2023 이강식

ISBN 978-89-953431-5-9 93810

저　자: 이강식

발행인: 李康植

초판 인쇄: 2023년 10월 16일

초판 발행: 2023년 10월 18일

발행처: 도서출판 환국[桓國] * 서비스표등록 제 0105172 호

주　소: 경주시 성동동 장미동산타워아파트 101동 109호 (우 38138)

전　화: 010-2968-1258, e-mail: kslee63633@nate.com

출판등록: 제32호(1998년 3월 6일)

인쇄처: 한기획인쇄